호감 받고 성공 더!

호감 받고 성공 더! 5

인기영 장편소설

초판 1쇄 찍은 날 § 2017년 7월 17일
초판 1쇄 펴낸 날 § 2017년 7월 24일

지은이 § 인기영
펴낸이 § 서경석

편집책임 § 김경민
편집 § 이종식

펴낸곳 § 도서출판 청어람
등록번호 § 제387-1999-000006호
등록일자 § 1999. 5. 31
어람번호 § 제1-2731호

주소 § 경기도 부천시 부일로 483번길 40 서경B/D 3F (우) 14640
전화 § 032-656-4452 팩스 § 032-656-4453
http://www.chungeoram.com
E-mail § chungeorambook@daum.net

ISBN 979-11-04-91394-5 04810
ISBN 979-11-04-91303-7 (세트)

FUSION FANTASTIC STORY

인기영 장편소설

오감받고
성공 더!

5

86/

도서출판
청어람

Contents

Liking 46
1억 원의 사나이||

"미연 씨. 오랜만이에요."

사장실로 들어서는 정미연을 보고 소지원이 인사를 건넸다.

그에 정미연이 리드미컬한 걸음으로 정태산에게 다가가며 화답했다.

"소 팀장님, 잘 지냈나요? 손님도 계셨었네요? 갑자기 들어와서 죄송……."

말을 하며 소지원을 지나치던 정미연이 그대로 멈춰 섰다.

입구에서는 소지원에게 얼굴이 가려 잘 보이지 않았던 손님의 정체가 김두찬이었다는 것을 알고 살짝 놀란 것이다.

하지만 그것도 잠시.

정미연의 입가에 옅은 미소가 맺혔다.

이를 본 소지원이 놀란 기색을 애써 감췄다.

'냉혈 마녀가 저런 미소도 지을 줄 알아?'

정태산도 그렇고 정미연도 그렇고 유독 김두찬에게만은 유별난 반응들이었다.

"두찬 씨, 여기서 만나네요."

"아, 미연 씨는… 여기 어쩐 일로 오셨어요?"

생각지도 못했던 곳에서 정미연을 만난 김두찬이 적잖게 당황했다.

아니, 마냥 당황스럽기만 하진 않았다.

이런 식으로 불쑥 마주하게 된 그녀의 얼굴이 반갑기도 했다.

정미연의 얼굴에 감도는 미소를 보는 순간 가슴 한편이 살짝 두근거렸다.

그건 설렘이었다.

김두찬은 정미연을 보며 설레고 있었다.

"응? 미연아, 아무 얘기도 안 했냐?"

정태산은 김두찬이 뷰티미닷컴의 전속 모델이라는 걸 얼마 전에 알았다.

지금 그는 일선에서 손을 놓고 있었다.

신인 발굴과 육성에 관한 것은 체계적으로 만들어진 전문팀이 모두 책임지는 중이었다.

해서 김두찬에 대한 정보 파악도 좀 늦었었다.

아무튼 정태산은 정미연이 김두찬에게 자신에 대한 얘기를 미리 했을 거라 생각했다.

그런데 김두찬은 아무것도 모르는 눈치였다.

"'나중에 자연히 알게 될 텐데 굳이?'라는 생각이 들어서요."

자연스럽게 대화를 나누는 부녀를 김두찬이 번갈아 봤다.

그러자 소지원이 김두찬에게 귓속말을 전했다.

"몰랐어요? 두 분 부녀지간이에요."

"네에?!"

깜짝 놀란 김두찬의 목소리가 커졌다.

세상이 좁다더니 이런 식으로 연이 이어질 줄은 생각도 못했다.

"하하하. 김 작가가 많이 놀란 모양이구먼."

"아… 네. 전혀 짐작도 못 하고 있었어요."

"그렇게 놀랄 거 없어요, 두찬 씨. 그나저나 지금 당장 듣고 싶은 얘기가 있는데… 자리가 자리인 만큼 다음으로 미뤄야겠네요."

정미연이 눈웃음을 흘리고서 정태산에게 다가갔다.

그러고는 안주머니에서 작은 반지 케이스를 꺼내 내밀었다.

"뭐냐?"

"생일 선물이라고 하시면서 엄마 드려요."

"내가 왜."

"아빠도 이제 늙었어요. 옛날처럼 철인 아니잖아. 자기 성질 껶지 못해서 이러는 거지 마음은 벌써 집에 돌아가고 싶었으면서."

"네가 뭘 안다고 그러냐."

정미연의 손에 있던 반지 케이스가 소파 앞 테이블 위에 툭 놓였다.

"다이아몬드 반지예요. 바쁜 딸이 일부러 시간 내서 이 정도 성의 보였으면 아빠도 적당히 받아줘요."

"에이."

정태산이 툴툴대면서도 반지 케이스를 주머니에 넣었다.

"받아는 둔다만 집에 들어간다는 뜻은 아니다."

"거기까지는 저도 피곤해서 신경 못 써요."

정태산이 서인경과 냉전을 갖는 건 하루 이틀 일이 아니다.

이 정도면 딸로서의 도리는 다했다.

"그럼 가볼게요. 또 일이 있어서… 두찬 씨."

"네?"

"반가웠어요."

정미연이 따듯한 미소를 남기고서 사장실을 나갔다.

김두찬은 그런 정미연의 뒷모습에서 눈을 떼지 못했다.

"우리 딸 참, 기가 세지?"

정태산이 멋쩍은 음성으로 너스레를 떨었다.

김두찬과는 오늘이 첫 대면인데 부끄러운 모습을 보인 것 같았다.

하지만 김두찬은 오히려 딸 앞에서 날이 무뎌지는 정태산의 모습이 좋았다.

사람 냄새가 났다.

"네. 미연 씨 기 세죠. 그런데 그건 미연 씨의 극히 일부분인 모습이고, 사실 좋은 점이 훨씬 더 많은 사람이라는 거 잘 알고 있습니다."

"그렇게 느꼈나?"

"제가 근래 연을 맺었던 사람들 중 가장 배려심 깊고 의리 있고 멋있고 성실해요, 미연 씨는."

"다들 그 찬바람 쌩쌩 부는 성격 때문에 냉혈 마녀라고 욕한다던데 참 특이하구먼."

그 말에 소지원이 속으로 뜨끔했고, 김두찬은 하하 웃었다.

"같은 팀원들은 전혀 그런 생각하지 않아요. 그건 미연 씨를 잘못 알아도 한참 잘못 알고 있는 겁니다."

"그런가?"

"그럼요."

딸자식 칭찬하는데 기분 나쁠 부모는 없었다.

정태산의 입가에 흡족한 미소가 맺혔다.

그가 소지원을 보며 한마디 툭 건넸다.

"우리 소 팀장이 아주 제대로 된 사람 한 명 모셔왔군."

"감사합니다, 사장님."

"내가 고마워해야지. 외모에 재능에 성격까지 고루 갖춘 사람이 어디 흔하겠나."

정태산의 칭찬에 김두찬은 살짝 부끄러워 어색하게 미소 지었다.

한데 그 미소마저 정태산의 눈에는 마냥 예뻤다.

'아주 사람을 제대로 홀리는 매력이 있어.'

정태산이 김두찬을 보며 여러 번 감탄하고 있을 때였다.

똑똑.

노크 소리와 함께 비서의 목소리가 들려왔다.

"사장님, 아이 프로덕션 김태영 사장님 오셨습니다."

"아, 들어오시게."

문이 열리고 김태영이 사장실로 들어왔다.

그가 정태산에게 먼저 인사를 건네고 소지원과 김두찬에게도 간단히 눈인사를 건넸다.

지금 그의 머릿속은 애니메이션 제작 건으로 가득 차 있어서 김두찬이 누구인지는 그다지 중요한 문제가 아니었다.

그래서 그의 존재에 대해 크게 신경 쓰지 않았다.

"오늘따라 찾아오는 손님들이 많구먼."

"사장님, 급하게 찾아뵌다 해서 죄송합니다. 한데 사안이 사안인지라……."

"그래, 내가 애니머스랑 담판을 지어줬으면 하는 거겠지?"

"저희 같은 사람들에게 신용은 생명이지 않습니까. 그런데 작품 납품하기로 해놓고 약속 못 지키면 소문 순식간에 퍼집니다. 그럼 밥줄 끊기는 겁니다."

"알고 있네. 하아, 유대만이 그 인간은 왜 그렇게 자존심이 센 거야? 이러다가 프로젝트 엎어지면 자기한테도 좋을 게 없다는 거 모르나?"

"알고 있습니다. 유 작가의 일방적 고집으로 프로젝트 중단되면 상당한 위약금과 손해배상금 물어야 한다는 것도 얘기했습니다. 그런데도 고집을 안 꺾어요. 쓸데없는 장인 정신 같은 게 너무 강합니다."

"그건 장인 정신이 아니라 똥고집이지. 우리가 작가를 몇 번이나 바꿔줬나?"

"그러니까요. 게다가 작가 넷 거치면서 나온 결과물도 괜찮았습니다. 굳이 다로미 캐릭터를 집어넣지 않고 오리지널 캐릭터 만들어 넣어도 충분히 재미있을 설정들이었어요."

"그래서 말인데, 김 대표."

정태산의 목소리가 은근해졌다.

그에 무언가 방도를 찾아냈음을 직감한 김태영의 얼굴이 밝아졌다.

"네, 사장님."

"마지막으로 작가를 한 번 더 써보는 게 어떻겠나?"

"네에?"

기대감이 순식간에 좌절감으로 바뀌는 김태영이었다.

"사장님, 두 달 안에 완벽한 시나리오가 나와도 제 시간에 맞춰 제작이 될까 말까입니다. 그걸 해낼 작가도 없고, 설사 한다고 해도 유대만이 맘에 안 든다고 하면 완전히 나락으로 떨어지는 겁니다. 엎을 거라면 조금이라도 빨리 애니머스에 사정을 이야기하는 게……."

"혹시 자네 김두찬 작가라고 들어는 봤나?"

"김두찬 작가요?"

"그래. 일주일에 책 한 권씩 써내는 속필로 유명한데."

"일주일에 책 한 권이요? 대단하긴 한데… 그런 작가들 제법 있습니다. 한데 퀄리티가 떨어져서 문제죠."

"아, 사실 그 작가는 높은 퀄리티로 더 유명하지."

"그런 작가가 있다고요?"

"있지. 음… 몽중인이라는 책이 얼마 전에 나왔는데."

그제야 김태영은 김두찬이 누구인지를 깨달았다.

"아! 사장님 회사랑 계약 맺은 그 작가님 말씀하시는 거였군요."

"자네 우리 회사 일에 너무 관심 없는 것 같아서 서운할 뻔했어."

"죄송합니다, 사장님. 아시다시피 제가 요즘 제정신이 아니잖습니까."

"그렇겠지. 아무튼 그 김두찬 작가라면 어떻게… 가능성이 있을 법도 한데."

바쁜 와중에도 김태영은 몽중인에 대한 기사들을 읽었다.

아니, 정확히 말하자면 몽중인의 기사를 찾아보려고 했던 게 아니라 회사로 매일 아침마다 들어오는 정상일보에 기사가 실려서 읽었던 것이다.

정상일보는 한국에서 가장 공신력 있는 매체로 알려져 있다.

정치색이 강하지 않고, 뒷돈을 받고 리뷰 글을 올려주거나 인터뷰를 실어주는 경우도 없다.

그래서 김태영도 가장 신뢰하는 신문이 정상일보였다.

한데 거기에 실린 몽중인에 대한 평가가 상당히 좋았다.

"그 김두찬이라는 작가분은 지금 어디 계십니까?"

김태영이 다급히 물었다.

그러자 정태산이 한 손을 들어 김태영의 맞은편에 앉아 있는 김두찬을 가리켰다.

"자네 앞에 있구먼."

"네?"

김태영의 목이 홱 돌아갔다.

그러자 비로소 수줍은 미소를 머금은 빼어난 미남이 눈에 들어왔다.

"이, 이분이……?"

"처음 뵙겠습니다. 김두찬이라고 합니다."

김두찬이 일어서서 인사를 건넸다.

"으헛! 자, 작가님! 몰라뵈어서 죄송합니다! 실례를 저질렀습니다!"

김태영의 허리가 90도로 숙여졌다.

"아니에요, 괜찮습니다."

"이것 참… 갑자기 부끄러워지네요. 들으셨다시피 상황이 상황인지라."

"네, 이해해요."

"후우!"

김태영이 숨을 크게 내쉬었다.

그러고서는 마음을 조금 진정시킨 뒤 다시 말을 이어나갔다.

"그럼 어차피 잘됐네요. 지금 이게 어찌 돌아가는 판인지는 짐작이 가시죠?"

"네. 알 것 같아요."

"저… 그럼 실례가 안 된다면 제가 부탁 좀 드려도 될까요?"

"원하시는 게 원작자분의 캐릭터를 주인공으로 한 애니메이션의 세계관과 전체 줄거리 정도인가요?"

"네! 일단 그 정도만 써서 보내보고 원작자의 오케이 사인이 떨어지면 작업에 들어가야 해서……."

김태영은 혹시라도 김두찬이 거절할까 싶어 마음이 조마조마했다. 하지만 그런 일은 다행히 일어나지 않았다.

"관련 자료들부터 좀 볼 수 있을까요?"

"그럼요!"

김태영은 들고 온 서류 가방을 열어 프로젝트 관련 서류들을 전부 넘겨줬다.

김두찬이 서류들을 받자마자 빠른 속도로 주르륵 읽어나갔다.

아니, 이건 그냥 읽지도 않고 넘긴다고 하는 게 더 맞았다.

그리고 실제 김두찬은 그러는 중이었다.

어차피 한 번만 보면 모든 페이지가 사진처럼 머릿속에 저장된다.

20페이지를 단 2분 만에 털어버린 김두찬이 패시브 스킬 지력을 사용했다.

그러자 모든 자료들이 분석되고 파악되어 정보의 형태로 자리 잡았다.

김두찬은 자료들을 다시 김태영에게 건넸다.

"잘 봤습니다."

"네? 보셨다고요?"

"네, 다로미라는 캐릭터 참 재미있네요. 무엇보다 귀여워서 거기 적힌 대로 유아나 초등학교 저학년 여자아이들에게는 잘 먹히겠어요. 무엇보다 사람을 좋아하는 강아지 같은 다람쥐라는 게 어린아이들의 동심을 자극시켜 줄 것 같아요."

"……."

"……."

"……"

그 자리에 있던 세 사람이 동시에 경악했다.

김두찬은 20페이지의 자료들을 그냥 보지도 않고 넘기는 것 같았다.

그런데 그의 입에서 흘러나오는 얘기들은 잘못된 게 전혀 없었다.

"으하, 으하하하하하하하하!"

침묵이 공간을 무겁게 누르던 와중 정태산이 갑작스레 웃음을 터뜨렸다.

그는 박수까지 치며 좋아하다가 웃음을 뚝 그치고서 김두찬을 바라봤다.

"이보게, 김 작가."

"네, 사장님."

"자네 정말……"

사장실에 있던 사람들의 시선이 전부 정태산의 입에 집중되었다.

"퍼펙트하구먼."

57이었던 정태산의 호감도가 77로 솟구쳤다.

정태산은 철저한 사업가다.

때문에 비즈니스 관계로 만난 경우 상대방의 가치가 확실하지 않은 이상 맘을 열지 않는다.

그런데 김두찬은 자신의 가치를 눈앞에서 증명했다.

얼마 전부터 김두찬의 여러 활동들을 주시하고 있던 정태산이었던 터라 더더욱 유쾌했다.

퍼펙트하다는 건 정태산이 진정으로 인정하는 사람에게만 던지는 말버릇이었다.

"그래서 세계관과 시놉시스는 작성하는 데 얼마나 걸리겠나?"

정태산이 바로 물었다.

김두찬은 정태산 사장의 개인 테이블 위에 놓인 데스크톱을 바라보며 말했다.

"컴퓨터를 사용할 수 있게 허락해 주신다면 1시간 내로 만들어 드리겠습니다."

김두찬의 당찬 말에 또 한 번 사람들이 놀랐다.

소지원과 김태영의 호감도는 처음 54, 12였던 것에서 지속적으로 오르고 있었다.

현재는 소지원의 호감도가 65, 김태영이 27까지 상승한 상황이었다.

김태영이 반신반의하며 김두찬에게 물었다.

"그게… 정말 가능하시겠습니까?"

"가능해요."

"말로만 떠드는 사람은 매력이 없는 법이지. 보여주게나."

정태산의 허락이 떨어졌다.

그는 과연 김두찬이 어디까지 해낼 수 있을지 은근히 기대하고 있었다.

김두찬이 스스럼없이 정태산의 의자에 앉았다.

그 광경을 소지원이 숨 쉬는 것도 잊고서 지켜봤다.

플레이 인 소속 직원들이라면 한 번쯤은 꿈꿔보는 자리였다.

동시에 감히 앉아볼 엄두를 내지 못하는 곳이기도 했다.

그런데 김두찬은 정태산이 허락을 해줬다고는 하나, 너무 자연스럽게 그 의자에 앉았다.

순간 소지원의 가느다란 눈이 크게 떠졌다.

'전혀… 위화감이 없어.'

김두찬이 가진 능력이 많은 괴물 같은 사람인 건 그도 인정하는 바였다.

그러나 아직 20살밖에 안 된 사회 초년생이다.

그럼에도 불구하고 나는 새도 떨어뜨린다는 정태산의 자리에 앉아 있는 모습이 어색하지 않았다.

아니, 오히려 마치 원래 김두찬의 자리였던 것처럼 빛이 날 정도였다.

정태산 역시 그것을 똑같이 느끼고 있었다.

그가 소인배였다면 김두찬에게 위기의식을 느끼거나 질투심이 들었을 것이다.

하지만 정태산의 그릇은 거대했다.

그는 진정 만족스러운 웃음을 얼굴 가득 머금고서 김두찬을 바라봤다.

'어디까지 해낼 수 있겠는가, 김 작가. 보여주게.'

정태산의 속으로 읊조림과 동시에.

타타타타탁!

김두찬의 손가락이 거침없이 움직였다.

이를 본 김태영이 고개를 갸웃했다.

'생각은 하고 집필하는 건가?'라는 의문이 들었지만 차마 입 밖으로 꺼내지는 못했다.

사실 소지원 역시 김태영과 같은 의문을 품고 있었다.

아무리 천재라 해도 자료집을 보자마자 무언가가 떠오르긴 힘든 일이었다.

떠올랐다 해도 정리할 시간은 필요한 게 보통이었다.

그런데 김두찬은 망설임 없이 글을 적어 나가는 중이었다.

보통 사람이라면 불가능했을 테지만 김두찬의 머릿속엔 프로젝트의 자료를 보는 순간 완벽한 하나의 세계가 떠올랐다.

A랭크 상상력과 S랭크 스토리텔링의 조화가 빛을 발하는 순간이었다.

타타타타타탁!

김두찬이 글을 집필해 나가는 동안 사람들은 묵묵히 기다렸다.

누구 하나 함부로 입을 열지 못했다.

그저 한 사람이 키보드를 두들기고 있을 뿐인데 기묘한 긴장감이 공간 안에 가득 찼다.

그렇게 50분쯤 흘렀을 때였다.

탁!

"됐습니다."

김두찬이 드디어 집필을 끝냈다.

"버, 벌써요?"

김태영이 놀라 물었다.

"네. 사장님. 그냥 프린트하면 되나요?"

"음? 연결되어 있으니 세 부씩 프린트 부탁하지."

김두찬이 부탁대로 세계관과 시놉시스를 3부씩 프린트했다.

사람들이 프린트된 서류를 받아보니 A4로 총 10페이지 분량이었다.

'이걸… 한 시간도 아니고 50분 만에 때려 박았다고? 그냥 필사를 한 것도 아니고.'

김태영은 계속해서 놀라는 중이었다.

그건 소지원과 정태산도 마찬가지였다.

다만 김태영과 소지원의 감정이 경악에 가깝다면 정태산은 즐거움에 더 가까웠다.

세 사람은 말없이 김두찬의 창작물을 읽어 내려갔다.

15분쯤 지났을 때 소지원이 먼저 원고를 내려놓았다.

그가 귀신이라도 본 것 같은 시선을 김두찬에게 던졌다.

'사람이… 이런 게 가능해?'

대체 자신이 얼마나 거대한 괴물을 회사로 물어온 건지 가늠조차 되지 않았다.

뒤이어 김태영과 정태산이 거의 동시에 원고를 다 읽었다.

"하하하하하하하!"

정태산이 신이 나서 박수를 쳤다.

김태영은 뱃속 깊은 곳에서부터 치고 올라오는 전율에 정신이 아찔했다.

"이, 이겁니다. 이거면 분명히 원작자도 오케이 할 겁니다. 어떻게… 이게 대체……?"

김태영이 너무 놀란 나머지 말을 제대로 정리도 못 한 채 내뱉었다.

"소 팀장!"

정태산이 소지원을 불렀다.

"네, 사장님."

"이 원고, 당장 유대만 작가한테 팩스로 쏴. 그리고 연락 때려. 당장 읽어보고 마음에 드는지 안 드는지 대답하라고 해."

"알겠습니다."

소지원은 정태산이 가장 신임하는 직원들 중 한 명이었다.

해서 정태산이 기획한 거대 프로젝트들에 대한 정보를 꿰고 있었다.

소지원이 원고를 들고 사장실 밖으로 나갔다.

잠시 후, 다시 돌아온 소지원이 상황을 보고했다.

"원고 무사히 전송했습니다. 유 작가님께서 20분 내로 연락 주겠다고 했습니다."

"잘했어. 이제 기다려 보자고."

꿀꺽!

김태영이 자기도 모르게 마른침을 삼켰다.

*   *   *

김태영이 초조하게 시계를 살폈다.

약속한 20분이 지났는데 아직 유대만에게는 아무런 연락이 없었다.

'연락 좀 빨리 하지. 피 마르겠네.'

지금의 일분일초가 김태영에게는 억겁의 시간처럼 길게만 느껴졌다.

그러다 약속한 시간에서 10분 정도가 더 흘렀을 때였다.

띠리리리리—

정태산의 스마트폰이 울렸다.

유대만에게서 온 전화였다.

"왔군."

정태산이 자신 있게 전화를 받았다.

"어, 유 작가. 원고는 다 봤는가?"

—정 사장님, 이 원고 누가 쓴 겁니까?

스마트폰 너머로 걸걸한 음성이 들려왔다.

유대만의 목소리가 원체 좀 걸었다. 그리고 말투는 대번에

이 사람이 깐깐하다는 걸 알 수 있을 만큼 딱딱했다.

한데 그 안에 약간의 흥분이 담겨 있었다.

정태산은 이미 게임이 끝났음을 예감했다.

"김두찬 작가라고 들어봤나?"

—알고 있습니다. 사장님 회사에서 새로 계약한 작가분…
아, 혹시 그분께서 썼습니까?

"마음에 드나?"

질문을 한 정태산이 스피커 모드를 켰다.

그러자 스마트폰에서 흘러나온 유대만의 음성이 사장실을
가득 채웠다.

—마음에 드는 정도가 아니라 완벽 그 이상입니다. 왜 다른
작가들은 여태껏 이렇게 만들지 못한 겁니까? 이대로 진행한
다면 저도 만족할 수 있습니다.

"……!"

김태영은 하마터면 소리를 지를 뻔했다.

그가 체면도 잊고 벌떡 일어나서 파이팅 포즈를 취했다.

소지원이 웃음을 가득 담고 그런 김태영과 김두찬을 번갈
아 봤다.

정태산의 두 눈에도 김두찬이 가득 담겼다.

그는 이 말도 안 되는 상황을 만들어내고서도 그저 담담해
보였다.

점점 더 김두찬이라는 사람이 정태산의 마음속에서 커져

갔다.

정태산의 호감도가 5나 상승했다.

"그럼 당장 시나리오를 뽑아보도록 하지."

―네. 그렇게 해주세요. 한데 간혹 완성된 시나리오가 기획에 비해 엉망인 경우도 있거든요. 최종 결정은 1화 시나리오 보고 내리겠습니다.

그 말에 김태영이 입 모양으로만 욕을 내뱉었다.

'이런 염병, 깐깐한 새끼.'

하나 정태산은 크게 동요치 않았다.

"그러도록 해."

전화를 끊고 난 정태산이 김두찬에게 물었다.

"김 작가, 시나리오 작업은 가능하겠나?"

정태산은 김두찬이 충분히 양질의 글을 써내리라고 믿었다.

지금 묻는 건 글의 퀄리티가 아닌 제한된 시간 안에 글을 완성시킬 수 있느냐는 것이었다.

"두 달 동안 시나리오를 완성시켜야 한다고 했죠?"

"한 화당 20분씩 총 26부작이네."

"제법 분량이 많네요. 애니메이션의 경우 20분이라고 하면 몇 페이지 정도를 집필하면 됩니까?"

그에 대한 대답은 김태영이 해줬다.

"보통 16페이지에서 17페이지 정도 됩니다. 물론 상황에 따라 거기서도 두세 페이지 차이 나기도 하고요."

김두찬은 그게 무슨 말인지 알아들었다.

시나리오에 배경의 묘사가 장황하게 늘어지는데 영화에서는 그게 단 몇 초만으로 지나갈 때도 있다.

그 반대로 상황 묘사를 몇 줄로 끝냈는데 영상으로 표현하려면 몇 분이 소요되는 경우도 존재한다.

애니메이션 역시 마찬가지일 것이다.

'평균 17페이지로 잡고 26부작이면 442페이지. 두 달 안에 442페이지라.'

김두찬은 일주일에 책 한 권을 써냈다.

그가 써낸 소설은 12만 자 정도가 들어간다. 페이지 수로는 110페이지 정도 됐다.

하지만 그는 적을 집필함과 동시에 영웅의 노래도 동시 집필했다.

적에만 올인한 건 아니었다.

게다가 학교생활은 물론 서로아의 병문안까지 꼬박꼬박 챙겼다.

마지막으로 시나리오라는 것은 소설과 달리 지문과 대사 사이에 엔터를 쳐 한 줄씩 띄어버리는 형식으로 집필해야 한다. 신이 바뀔 때도 엔터를 친다.

그렇게 비어버리는 공간까지 계산하면 한 화에 소비되는 실제 페이지 수는 12페이지 정도로 줄어든다.

그렇게 다시 계산하면 실제 집필 페이지 수는 312 정도다.

두 달이라면 김두찬에게는 충분하고도 남는 시간이었다.

무엇보다 머릿속에 이미 마지막 스토리 라인까지 전부 만들어져 있으니 걸릴 것이 없었다.

"가능합니다."

가능하다는 김두찬의 확답에 김태영은 거의 울 것 같은 얼굴이 되었다.

"다만."

"다만?"

"제가 영화 시나리오를 집필해 봤다지만 애니메이션은 처음이라서요. 참고가 될 만한 시나리오를 좀 보내주셨으면 합니다."

김두찬의 부탁에 김태영이 얼른 대답했다.

"그건 제가 얼마든지 보내 드리겠습니다, 김 작가님!"

그가 명함을 꺼내 김두찬에게 건넸다.

"여기 제 명함입니다. 이쪽으로 연락 주시면 바로 참고될 만한 시나리오들 보내고 연락드릴게요."

"감사합니다, 김 대표님."

"그럼 작업은 오늘부터 들어가실 예정이신지……?"

김태영이 조심스레 물었다.

김두찬은 망설임 없이 고개를 끄덕였다.

"두 달 안에 26편 전부 완성해서 보내 드릴게요. 아니, 상황이 급한 것 같으니 완성되는 시나리오들은 그때그때 보내 드리는 편이 낫겠네요."

"맞습니다. 시나리오를 받으면 콘티 작업부터 들어가야 하거든요. 우리 회사 감독님들, 저랑 같이 야근하면서 머리 쥐어뜯는 소리가 벌써부터 들리네요. 하하."

비로소 김태영의 얼굴에 여유가 조금 생겼다.

"그럼 오늘은 이만 들어가 보겠습니다. 사안이 사안인 만큼 조금이라도 빨리 집필에 들어가는 게 좋을 것 같네요."

김두찬이 자리에서 일어섰다.

그러자 소지원과 김태영이 덩달아 일어나 예의를 갖췄다.

정태산도 서서히 몸을 일으키고서는 김두찬에게 다가가 손을 내밀었다.

"부디 잘 부탁하네, 김 작가."

김두찬이 그가 내민 손을 맞잡았다.

그러자 정태산이 손에 힘을 꾸욱 주고서 물었다.

"말해보게."

"네?"

"이것도 엄연한 비즈니스 아닌가. 정식으로 내가 자네를 작가로 고용했으니 원고료를 지불해야지. 얼마를 원하는가? 크게 엎어질 뻔했던 프로젝트를 다시 살려준 만큼 그에 마땅한 금액을 주겠네."

그 말에 김두찬이 잠시 고민하다가 대답했다.

"제 글의 가치는 사장님께서 직접 판단해 주시겠습니까?"

예상도 못 했던 당돌한 반응에 정태산이 크게 한 번 웃고서는 김두찬의 어깨를 부드럽게 두드렸다.

그러고서는 나직이 한마디를 흘렸다.

"그럼 믿고 기다리겠네, 1억 원의 사나이."

순간 소지원과 김태영의 눈이 휘둥그레졌다.

정태산은 김두찬의 글값으로 1억을 불렀다.

"실망시켜 드리는 일 없을 거예요."

Liking 47

상상 공유

김두찬이 돌아가고 난 뒤, 정태산과 김태영이 둘이서 담화를 나누었다.

　이런저런 얘기를 나누던 중, 화제는 자연스레 김두찬으로 옮겨갔다.

　"김 작가 같은 분을 만나게 되다니… 사막을 헤매다가 오아시스를 발견한 기분입니다."

　"나도 그렇다네. 내 느낌이지만 그는 완벽하게 일을 처리해낼 거야."

　"김 작가님은 오늘 잠깐 봤을 뿐인데도 저 역시 믿음이 갑니다."

단순히 사람이 매력적이기에 그런 건 아니었다.

김두찬은 그들이 보는 앞에서 스스로의 능력을 증명했다.

"한데… 아무리 기대치가 있다 하더라도 이 바닥에서는 신인인데 1억까지 부르실 줄은 몰랐습니다. 역시 그릇이 다르십니다."

한국 애니메이션 시장은 미국이나 일본에 비해 터무니없이 작다.

게다가 시나리오 작가들에게 지급되는 고료는 더더욱 형편없었다.

1차 텍스트를 중요시 여기는 미국, 일본에 비해 한국은 그보다는 캐릭터 완구 사업에 더 혈안이 되어 있다.

스토리를 그렇게까지 중요하게 여기지 않는다.

물론 그렇다고 어중이떠중이를 불러다가 아무 글이나 쓰게 하지는 않지만 돈을 많이 붓지도 않는다.

그냥 적당한 선에서 큰 투자 없이 가자는 게 일반적이다.

대부분 투자처에서 투자를 받아 하기보다는 프로덕션에서 자체적으로 돈을 들여 제작하기 때문이다.

실제로 신인 작가들의 경우 한 화 20분 분량의 26부작 애니메이션을 집필하면서 고작 500만 원 달랑 받는 경우가 비일비재하다.

물론 제대로 된 투자처를 잡으면 받는 돈이 달라지긴 한다.

그렇다고 해도 원고료가 비약적으로 높아지는 건 아니다.

한 작품 계약을 하면서 아무리 많이 받아봤자 1억을 넘기기가 힘들다.

드라마와 달리 투자처 외에 PPL 광고 같은 것이 붙지 않기 때문이다.

여기서 또다시 문제가 생긴다.

메인 작가가 독식하기에도 모자란 시나리오 비용으로 인해 새끼 작가를 데리고 작업하거나, 메인 작가와 서브 작가 여럿으로 나눠서 일을 진행하는 것 또한 어렵다.

그만큼 돈이 n분의 1로 나눠지기 때문이다.

그래서 혼자 일을 하다 보니 여럿이 집필하는 것보다 당연히 시나리오의 질은 나빠진다.

물론 그럼에도 불구하고 멋진 시나리오를 뽑아내는 작가들도 더러 있다.

그런데 막상 제작되어 나온 애니메이션의 퀄리티는 현저히 떨어지는 경우가 생긴다.

제작비 절감을 위해 콘티 이후의 과정을 인건비가 싼 동남아 쪽 사람들에게 넘기기 때문이다.

감독은 한국 사람인데 다른 나라 사람들을 데리고 하려니 커뮤니케이션에 문제가 불거진다.

결국 시나리오에서는 만세를 부르는 장면이 애니메이션에서는 하품을 하는 장면으로 바뀌기도 하고, 대사는 열 마디가 넘는데 캐릭터는 불과 2초 동안 입을 움직이다 마는 오류가 다반사로 벌어진다.

그런 경우 만들어진 영상에 맞춰 대사를 아예 다시 적어야 하는 불상사가 생긴다.

이렇게 되면 시나리오 작가들은 의욕이 완전히 꺾이고 만다.

다음부터는 어차피 영상이 엉망으로 나오고 돈도 안 되니 나도 딱 그만큼만 만들자, 라는 식이 되어버린다.

정태산은 이런 근본적인 문제를 해결하고 싶었다.

모두에게 돈이 되는 웰메이드 애니메이션을 만들어 이 시장을 부흥시키고 싶었다.

플레이 인의 이름으로 말이다.

김태영도 그런 정태산의 포부와 각오는 알고 있었다. 그리고 본인도 이 바닥의 생리를 바꾸고 싶어서 정태산과 손을 잡은 것이다.

그렇다고 해도 이 바닥 신인 작가에게 고료를 1억이나 부를 줄은 몰랐다.

"너무 과하다고 생각하나?"

정태산이 물었다.

"제가 왈가왈부할 일은 아니죠. 다만 제 입장에서야 작가에게 지급되는 고료가 과하면 과할수록 좋지 않겠습니까? 그만큼 더 양질의 글을 써내겠다는 의지를 불태울 수 있을 테니까요."

"이 사람, 자기 주머니에서 나가는 돈 아니라고 쉽게 얘기하는구먼."

"하하하! 제가 실언을 했네요."

"농담이네. 이번 프로젝트를 제대로 살려주기만 한다면 그보다 더한 돈도 줄 수 있지. 이제 작가들도 제대로 대접받는 시대를 만들어야 해."

그리 말하는 정태산의 눈동자에 아련한 회한이 담겼다.

김태영의 시선이 저도 모르게 책장으로 향했다.

수많은 서적들 사이에 정태산의 이름으로 출간된 소설 한 권이 꽂혀 있었다.

*   *   *

수요일은 강의가 없는 날임에도 김두찬은 학교로 향하고 있었다.

금요일 날 있을 체육대회 예행연습을 하기 위해서였다.

이번 체육대회는 과 대항으로 모든 학생이 참여하는 축제였다.

학교로 향하는 지하철 안에서 김두찬은 떨리는 마음을 다잡았다.

체육이라는 건 그와는 정말로 먼 단어였다.

초등학교 시절부터 그는 체육 시간이 가장 싫었다.

달리기를 하면 뒤뚱거리며 뛰는 모습이 우스꽝스러워 놀림을 당하기 일쑤였다.

축구를 하면 공을 제대로 차지 못해 욕을 먹었다.

그리고 날아온 공에 얼굴이며 몸을 얻어맞는 것도 무서웠다.

때문에 체육 시간이 그에겐 지옥이었다.

다행스럽게도 공에 대한 트라우마는 일전에 족구 시합을 하며 극복했다.

하지만 체육대회는 족구만 있는 게 아니다.

물론 김두찬이 이런저런 대회에 나가지 않는다면 아무런 상관이 없는 일이다.

그러나 김두찬은 이번에 이어달리기와 단거리달리기, 축구까지 총 세 개의 시합에 출전을 했다.

누군가 등 떠밀어 나간 건 아니었다.

스스로 자원한 것이다.

김두찬은 자신의 모자랐던 과거들에 발목이 잡히기 싫었다.

그렇다면 부딪혀서 극복해 나가야 한다.

해서 참가할 수 있는 최대한의 종목에 손을 들고 나섰다.

교문을 밟고 안으로 들어서니 전에 없이 활기찬 캠퍼스의 분위기가 그의 심장을 뛰게 만들었다.

체육대회가 코앞으로 다가왔음을 실감할 수 있었다.

하지만 고동의 원인이 예전처럼 불안함과 두려움에 의거한 건 아니었다.

모든 사람이 보는 앞에서 잘해낼 수 있을 거라는 묘한 기대감이 흥분을 일으켰다.

단체로 움직이는 예행연습은 체육대회의 형식과 절차 부분만 인지하는 정도에서 끝났다.

경기들을 실제로 진행하지는 않았다.

다만 예행연습이 끝나고 시나리오극작과는 2학년 선배들의 부름에 따로 남아 출전 선수들의 기량을 살피는 시간을 갖게 됐다.

김두찬을 비롯해 대부분의 남학생들이 전부 한 종목씩은 대회에 출전하게 됐다.

남학생 수가 부족하니 어쩔 수 없는 일이었다.

2학년 남자 선배들 중에서는 반 정도 되는 인원이 투입됐다.

2학년 과대 공상천이 대표로 나서서 1학년 앞에 섰다.

"우선 다들 기분 좋게 집으로 돌아가야 할 때 이렇게 붙잡아둬서 미안하다는 말부터 할게. 하지만 이럴 수밖에 없는 우리들 입장도 헤아려 줬으면 해. 나는, 아니, 우리는 더 이상 시나리오극작과가 체육대회를 패잔병의 입장으로서 보내기를 바라지 않거든."

공상천이 무슨 말을 하는 건지 1학년들을 전부 이해했다.

다른 과에 비해 상대적으로 몸을 쓰기보다 의자에 앉아 펜을 드는 시간이 더 많은 시나리오극작과다.

아울러 남학생의 수도 적었다.

그렇다 보니 체육대회 때마다 시나리오극작과는 최악의 점수를 받고 꼴등을 해야 했다.

"체육대회 때 우리 과가 다른 과 사람들에게 어떻게 불리는지 아니?"

거기에 대해서는 들은 바가 없었다.

아무도 대답을 하지 않자 공상천이 피식 웃으며 말했다.

"보너스 승점이야. 하지만 두 번 다시 이런 대접을 받지 않기 위해 이번 대회에서는 타도 꼴등을 목표로 달려보려고 한다. 그러니까 다들 도와주라."

공상천이 살짝 목례를 한 뒤 말을 이었다.

"일단 1학년 후배들의 전력을 파악해야겠는데… 단거리달리기부터 한번 볼까? 주전 누구야?"

김두찬이 손을 들고 나섰다.

"오, 두찬이."

김두찬이 나서자 2학년 여학생들이 일제히 환호하고 박수를 쳤다.

공상천이 그런 여학생들을 진정시키고서 김두찬에게 물었다.

"두찬아. 100미터 몇 초 끊어?"

"네? 그게… 확실히 모르겠어요."

김두찬은 19초라고 얘기하려다가 말을 바꿨다.

그가 마지막으로 기억하는 100미터 달리기의 기록은 19초가 맞았다.

하지만 지금은 몸이 변한 상태이니 몇 초가 나올지 알 수 없다.

"모를 수도 있지. 한번 뛰어볼까?"

공상천이 수돗가를 가리켰다.

"저기서 여기까지 거의 100미터야. 한번 달려볼래?"

"네."

김두찬은 수돗가까지 가서 쪼그려 앉아 공상천의 신호를 기다렸다.

공상천이 스마트폰을 스톱워치 모드로 바꾸고서 한 손을 높이 들어 올렸다.

그걸 보고 있자니 김두찬의 가슴이 다시 두근두근 뛰었다.

'할 수 있어. 할 수 있어.'

김두찬은 스스로에게 용기를 북돋우며 공상천의 손에 모든 신경을 집중했다.

그러다 그가 손을 내리는 순간.

탓!

굽혀져 있던 무릎을 튕기며 앞으로 달려 나갔다.

전력을 다해 다리를 움직이자 주변의 광경이 빠르게 밀려났다.

그리고 제법 멀리 있다고 생각했던 공상천의 모습이 순식간에 코앞까지 가까워졌다.

타탁!

김두찬이 공상천의 옆을 지나침과 동시에 그가 스톱 버튼을 터치했다.

"후우."

김두찬이 짧은 숨을 내쉬며 멈춰 섰다.

"몇 초 나왔어요?"

스스로 느끼기에도 방금 전 자신의 달리기는 상당히 빨랐다. 그래서 기대감에 차 물었다. 이에 공상천이 넋 나간 얼굴로 눈을 몇 번이나 끔뻑이고 나서 대답했다.

"…12초 3."

"뭐? 12초 3?"

"공 과대. 제대로 쟀어?"

2학년 남학생들이 우르르 몰려나와 공상천의 스마트폰을 살폈다.

기록은 12초 3이 맞았다.

국대급 축구 선수들이 전력을 다해 뛴 것과 비슷한 기록이었다.

그에 2학년 남학생들이 후배인 김두찬을 존경의 시선으로 바라봤다.

"두찬 후배, 고등학교 때 체진 반이었지?"

"운동 좀 했었어? 기록 장난 아닌데."

"소문 들어보니까 족구 시합 때도 날아다녔다며?"

"우와, 이번엔 승산이 있겠어."

남자 선배들의 호들갑에 김두찬을 바라보는 여자 선배들의
눈이 하나같이 초롱초롱해졌다.

그와 동시에 호감도가 일제히 올라갔다.

1학년 여학생들의 호감도 역시 같이 솟구쳤다.

"두찬 후배, 또 무슨 운동 할 줄 알아?"

공상천이 얼굴 가득 미소를 담고 부드러운 말투로 김두찬
에게 물었다.

그는 상당히 시크한 성격으로 유명했다.

남자, 여자, 동기생, 후배를 가리지 않고 늘 마이페이스로 행
동했다.

그런데 지금 김두찬을 대하는 태도에서는 애정이 듬뿍 느
껴졌다.

"족구도 해봤고… 다른 운동들은 해보지 않아서 잘 모르겠
어요."

"운동을 해보지 않았다고? 100미터를 12초에 끊었는데?"

"네."

공상천이 김두찬의 어깨에 손을 턱 얹었다.

"너… 운동 쪽으로 나갔으면 지금보다 더 성공했을지도 모
르겠다. 대체 못하는 게 뭐냐?"

"칭찬 감사히 받겠습니다."

"너 이번에 뭐뭐 지원했니?

"단거리달리기랑 계주, 축구요. 그렇게 세 종목은 시간이 겹

치지 않겠더라고요."

"오케이! 세 경기 정도 따먹으면 충분히 중위권 이상 올라갈 수 있어! 달리기는 방금 실력 봤으니까 확실하고. 축구는 어차피 연합전이니까 복불복이고."

축구는 각 과끼리 대항을 하다 보면 시간이 너무 오래 걸린다.

그래서 태평예술대학 14개 과가 7 대 7로 편을 먹고 연합전을 벌인다. 각 과에서 3명씩 사람을 뽑아 주전과 후보를 정한 뒤 게임이 진행된다.

"두찬이 덕분에 이번엔 우리 과한테도 기회가 있을 것 같아. 다들 힘내보자고."

"네!"

1학년들이 힘차게 대답했다.

김두찬 덕분에 덩달아 그들의 얼굴에도 금칠이 되는 기분이었다.

한데 그 자리에 있던 모든 사람들이 간과하고 있는 사실이 있었다.

12초 3의 기록을 낸 김두찬이 신고 있는 것은 운동화가 아닌 로퍼였다.

*　　　　*　　　　*

저녁 무렵이 되어서야 김두찬은 집에 도착할 수 있었다.

체육대회 예행연습을 한다고 먼지를 많이 뒤집어써서 샤워부터 한 뒤 방으로 들어와 앉았다.

그가 컴퓨터를 켜 워드 프로그램을 열었다.

그리고 맨 위에다 '내 친구 다로미'라는 제목을 크게 적었다.

어제는 다른 소설을 집필한 이후, 김태영 대표가 보내준 애니메이션 시나리오들을 읽어보느라 다로미 프로젝트에 전혀 손을 대지 못한 터였다.

'해보자.'

타타타타타탁!

마음을 먹는 순간 김두찬의 손이 빠르게 움직였다.

하얀 페이지가 검은색 글씨들로 금방금방 채워져 나갔다.

단 한 번도 막힘이란 없었다.

처음으로 도전해 보는 장르지만 어제 다섯 작품의 시나리오를 새벽까지 독파한 덕분에 감각이 생겼다.

게다가 전날 밤 꿈속에서는 드림 룰러의 능력으로 직접 다로미로 변했다.

꿈속 세상도 애니메이션의 배경을 그대로 적용했다.

다른 동물 친구들도 모두 설정대로 세팅해서 집어넣었다.

그렇게 하룻밤 꿈속에서 열흘이라는 시간을 다로미가 되어 살았다.

그 안에서 체험한 모든 것들은 C랭크의 기억력으로 전부 머릿속에 기록됐다.

김두찬은 기억해 뒀던 꿈속 세상의 이야기와 감정들을 모조리 끄집어냈다.

탁!

총 9페이지로 1화 분량을 끝내고 나니 45분 정도가 흘러 있었다.

김두찬은 자신이 쓴 글을 천천히 정독했다.

스토리텔링의 S랭크 특전 파악과 재구성이 발동해 잘못된 부분이나 이상한 흐름이 없는지 절로 체크해 나갔다.

다행스럽게도 그런 부분은 없었다.

한데 이상했다.

'뭔가 좀… 부족한데.'

어쩐지 다로미라는 캐릭터가 확 사는 것 같지 않았다.

'원작자가 따로 있는 캐릭터라서 그런 건가?'

김두찬이 원고에 다시 손을 대보려 했다.

그러나 당최 어느 부분을 손대야 할지 알 수가 없었다.

"으음… 뭔가 더 필요한데."

영 답이 나오질 않아 괴로워하던 김두찬이 혹시나 싶어 상태창을 열었다.

생각해 보니 오늘은 상태창을 통 보질 않았었다.

그의 시선이 직접 호감도로 향했다.

'3,476!'

드디어 3,200이 넘었다.

또 하나의 능력을 S랭크로 업그레이드할 수 있게 됐다.

'이걸로 문제가 해결될지도 몰라!'

김두찬은 고민할 것도 없이 지금 그에게 가장 필요한 상상력에 포인트를 투자했다.

그러자 시스템 메시지가 나타났다.

[상상력의 랭크가 S로 업그레이드됐습니다. 랭크 업 특전이 주어집니다. 상상력이 A랭크보다 30% 증가합니다. 상상 공유를 얻었습니다.]

'상상 공유? 이게 뭐지?'

김두찬이 상상 공유를 자세히 살폈다.

[상상 공유─하루 한 번, 다른 생명체 단일 대상의 상상을 공유할 수 있다.]

'으음?'

이번 특전은 설명을 읽어봐도 바로 이해가 되지 않았다.

그러자 로나가 바로 말을 걸어왔다.

─공유라는 건 내가 본다는 뜻으로 생각해도 무관하겠죠?

로나의 조언대로 해석해 보면 다른 생명체의 상상을 볼 수 있다는 얘기가 된다.

'다른 생명체의 상상을 볼 수 있다는 건… 그가 무슨 생각을 하고 있는지 알 수 있다는 얘기잖아?'

―그건 독심술이랍니다. 이건 상대방의 생각을 읽는 게 아니에요. 상대방의 상상을 보는 거죠. 중요한 건 '공유'라는 항목이고요.

'여전히 어려워, 로나.'

―그러니까 상대의 상상을 두찬 님께서 본인이 상상하는 것처럼 공유하게 된다는 뜻이랍니다.

김두찬은 아무런 말이 없었다.

이해를 못 했기 때문이다.

―백문이 불여일견. 당장 능력을 사용해 보는 게 좋겠네요.

'응. 그게 빠르겠어.'

―시나리오를 작성하다 답답한 이유가 무엇 때문이었죠?

'다로미의 캐릭터가 잘 살지 않아.'

―그럼 당장 다람쥐를 볼 수 있는 곳으로 가보세요.

'다람쥐? 아!'

상상 공유는 다른 '생명체' 단일 대상의 상상을 공유할 수 있다.

사람에게만 국한되는 게 아니라는 것이다.

김두찬이 시계를 살폈다.

오후 6시가 넘어가고 있었다.

'다람쥐를 어디서 보지?'

그가 집 밖으로 달려 나가며 매니저 장대찬에게 전화를 걸었다.

—네, 작가님.

"장 매니저님. 지금 어디세요?"

—작가님 모셔다 드리고 작가님 부모님 댁 식당에서 저녁 먹었습니다. 하도 맛있다고 소문이 자자해서 그냥 갈 수가 있어야지요. 소문대로 끝내줬습니다.

"그래요? 맛있게 드셨다니 다행이네요. 저, 그건 그렇고 매니저 일과도 여섯 시면 퇴근이고 그런 게 있나요?"

—그런 거 없습니다. 작가님 스케줄에 맞춰서 생활하는 게 제 일입니다. 집필 때문에 가보셔야 할 곳이 있으시면 언제든지 모셔다 드릴 수 있습니다. 사무실에서 집도 구리시에 얻어 줬습니다.

김두찬은 내심 놀랐다.

자신의 편의를 위해 이 정도까지 신경을 써줬었는지는 미처 몰랐었다.

매니저와 밴이 며칠 후에 지급된 이유도 실은 장대찬이 살 집을 마련하다가 그리된 것이었다.

"그럼 장 매니저님. 정말 죄송한데 저 좀 어디에 태워다 주실 수 있을까요?"

—알겠습니다! 당장 달려가겠습니다!

통화가 끝나자마자 김두찬은 스마트폰으로 다람쥐를 볼 수 있는 곳에 대한 정보들을 검색했다.

그러자 쓸 만한 정보가 바로 나왔다.

'청계 7가!'

청계 7가 애완동물 거리에 가면 다람쥐를 분양하고 있다는 글들이 제법 있었다.

김두찬이 집 앞 도로에 다다랐을 무렵, 검은색 밴이 다가와 멈춰 섰다.

"매니저님! 청계 7가 애완동물 거리로 가주세요!"

밴의 뒷좌석에 올라탄 그가 다급히 말했다.

*　　　　*　　　　*

다행스럽게도 길이 막히지 않아 아직 가게들이 문을 닫기 전 목적지에 도착할 수 있었다.

김두찬은 애완동물 거리를 걸으며 주변을 유심히 살폈다.

그리고 몇 가게를 지나지 않아 다람쥐를 분양하는 곳을 발견할 수 있었다.

훤히 열린 가게 문 앞에 철망으로 만들어진 우리가 쌓여 있었다.

그중 하나의 우리에 다람쥐 한 마리가 담겨 있었다.

김두찬이 그 다람쥐를 가만히 바라보며 상상 공유의 힘을 사용했다.

그러자 김두찬의 정신이 다람쥐의 정신과 하나가 되는 기묘한 현상이 벌어졌다.

'음……!'

김두찬의 눈앞에는 다람쥐의 상상 세계가 펼쳐지고 있었다.

그에게 다람쥐의 상상이 공유되어 흘러들어 온 것이다.

우리 속 다람쥐는 별생각 없이 이리저리 돌아다니는 중이었다.

그와는 별개로 다람쥐의 내면 상상들은 그보다 활발히 여러 방향으로 펼쳐지고 있었다.

김두찬은 다람쥐 앞에 쪼그려 앉아 녀석의 상상을 보고 듣고 느끼고 체감했다.

그렇게 한참의 시간이 흘렀을 때였다.

"고 녀석 분양해 갈 생각이유?"

매장 주인아저씨가 밖으로 나와 김두찬에게 물었다.

마침 상상 공유의 효과가 끝나 정신을 차린 김두찬이 주인아저씨에게 고개를 끄덕였다.

"네. 분양해 갈게요."

말을 하며 손목시계를 살폈다.

'고작 5분밖에 안 지났어?'

그의 체감상 1시간은 족히 지난 줄 알았다.

한데 실제로 흐른 건 5분밖에 되지 않았다.

"다람쥐만 분양해 갈 거면 2만 원 주시고, 집이랑 먹이랑 이것저것 챙겨 가려면……."

"다 챙겨주세요."

김두찬이 가격을 듣지도 않고 말했다.

그러자 주인아저씨가 방긋 웃으며 매장 안으로 들어가 이것저것 챙기기 시작했다.

그러는 동안 김두찬은 다람쥐를 보며 빙긋 웃었다.

"앞으로 네 이름은 다로미다."

*　　　　*　　　　*

집으로 돌아오는 벤 안에서 김두찬은 다로미를 보며 피식피식 웃어댔다.

상상 공유를 통해 본 다람쥐의 세상이 대단히 재미있었다.

그는 다로미의 세상 속에서 여러 가지 다람쥐의 습성에 대해 알게 됐다.

그리고 특정한 상황에 처했을 때 다람쥐들이 어떻게 생각하고 어찌 대처하는지에 대해서도 알 수 있었다.

집에 도착하자마자 김두찬은 새 친구와 함께 자신의 방에 틀어박혀 수정 작업에 돌입했다.

내 친구 다로미 1화 시나리오를 열고 처음부터 끝까지 다시 읽어 내려갔다.

'보인다!'

그전에는 그냥 넘어갔던 부분들이 지금은 눈에 밟혔다.

다람쥐에 대한 여러 가지 것들을 상상 공유로 경험하고 나니 어디를 어떻게 고쳐야 하는지 확연하게 알 수 있었다.

타타타타탁!

다시 김두찬의 손에 불이 붙었다.

'여기서는 다로미가 냉동실 문을 열다가 갑자기 추워지니까 저도 모르게 동면을 취하려고 하는 모습이 코믹하지. 음… 이 부분은 삭제. 다람쥐는 밤보다는 낮에 주로 활동하니까… 여기는 다로미가 싸우기보다는 도망가는 쪽으로 바꾸고……'

빠르게 이어진 수정 작업은 20여 분이 흐르고서 끝이 났다.

"됐다."

김두찬이 수정된 원고를 다시 읽었다.

전보다 다로미 캐릭터가 확실히 살아나 더욱 생동감 있어졌다. 당연히 다로미의 매력은 배가 되었고, 시나리오의 전체적인 재미 또한 상향됐다.

"완벽해."

원작자가 만들어놓은 '사람을 좋아하는 강아지 같은 성격'이라는 부분을 바꾸지 않으면서도 다로미의 캐릭터성을 살려냈다.

"이대로 좀 더 써볼까?"

김두찬이 바로 2화 작업에 돌입했다.

다로미의 캐릭터가 제대로 정립되니 작업 속도도 빨라졌다.

2화는 30분 만에 완성됐다.

탄력받은 그가 바로 3화 작업에 들어가려 할 때였다.

지이이이이잉—

선우동에게서 전화가 왔다.

"네, 선우 이사님."

—작가님! 축하드립니다! 제가 말씀드렸던 대로 중쇄 들어 갔습니다!

"그래요?"

김두찬의 얼굴이 확 펴졌다.

중쇄를 할 것 같다는 말과, 중쇄를 했다는 말은 그 무게 자체가 달랐다.

—네! 요즘 같은 시장에서 종이책이 중쇄를 하는 건, 그것도 출간 사흘 만에 무려 2,000부나 중쇄하게 된 건 기적입니다, 기적! 하하하하하!

선우동이 마치 자신의 일인 듯 신이 나 말했다.

김두찬의 가슴이 벅차올랐다.

"감사합니다. 선우 이사님. 아띠 출판사에서 신경 써주신 덕분이에요."

—작가님께서 잘 써주시고, 소속사에서 열심히 홍보해 주신 덕분이죠! 사실 중쇄 예상 부수는 1,000부였는데, 갑자

기 2,000부로 늘어난 겁니다.

"어쩌다가요?"

—정상일보에 몽중인 리뷰 글이랑 작가님 인터뷰가 실렸잖습니까! 그게 제대로 먹혔습니다! 공신력 있는 매체인 만큼 그 영향력이 대단하더라고요!

"그랬군요."

몽중인의 리뷰 글은 책이 출간된 다음 날 바로 실렸다.

그리고 김두찬의 인터뷰 내용은 중쇄 예정이었던 바로 오늘, 수요일 자 신문에 실렸다.

그 두 번의 글이 중쇄 부수를 2배로 올려 버리는 쾌거를 불러왔다.

정미연에게 얻은 행운의 능력이 계속해서 김두찬의 앞길에 금가루를 뿌려주고 있었다.

—그래서 말인데요. 사장님께서 다음 주 월요일쯤 출간 기념회를 열면 어떻겠냐고 하셨습니다. 작가님께서 시간이 되신다면 월요일로 날을 잡고, 다른 날이 좋다고 하시면, 그날로 바꾸겠습니다.

"아니에요. 월요일 좋아요. 시간 비워둘게요."

—알겠습니다! 그렇게 전해 드리겠습니다. 아… 그리고 작가님. 저 이건 좀 죄송한 얘기지만…….

선우동의 말투가 조심스러워졌다.

김두찬은 그가 무슨 말을 하려는지 짐작하고서 옅은 미소를 지었다.

"적의 마무리 때문에 그러시는 거죠?"

―어? 알고 계셨어요?

"네. 누가 봐도 그런 마무리로는 만족을 못 하겠죠."

―맞습니다, 작가님. 앞서 풀어놓았던 흥미 요소들과 여기저기 던져진 떡밥들이 전혀 회수되지 않고 끝나 버려서요. 아무래도 수정이 불가피할 것 같은데… 아, 혹시 이미 수정을 한 원고가 있으신 건지……?

"아니오. 그건 그게 완벽한 마무리예요."

―네? 하지만…….

선우동은 김두찬의 말을 이해할 수 없었다.

스스로 적의 문제점을 알면서도 왜 그것이 완벽한 마무리라 하는지 의아했다.

한데 그다음 순간 선우동은 자신의 귀를 의심해야 했다.

"제가 넘겨 드린 건 절친의 몸으로 회귀한 주인공의 시점에서 풀어나간 이야기지요. 지금 제가 또 다른 적을 집필하고 있는데요, 이건 주인공 약혼녀의 입장에서 진행되는 이야기거든요.

―…네에?!

적의 주인공 '지훈'은 이유도 모른 채 마약 브로커로 몰려 동료 형사들에게 쫓기다 불의의 사고로 죽음을 당한다.

그리고 눈을 뜨니 열흘 전으로 회귀를 한 상황.

그것도 절친 '형진'의 입장으로 되살아났다.

하지만 주인공에게는 죽기 전 결혼을 약속했던 약혼녀 '수지'가 있었고, 주인공은 그녀가 현재의 또 다른 자신과 사랑을 나누는 것에 질투를 느낀다.

형진의 몸으로 살아가야 하는 지훈은 수지를 다시 되찾고 싶은 마음에 무슨 방법이 없을까 고민하다가 전생을 회상한다.

사고를 당해 숨이 끊기기 전, 자신을 쫓던 형사 무리 속에는 형진도 있었다.

그는 죽어가는 지훈의 손을 꼭 잡으며 오열했다.

그런 형진에게 지훈은 힘들어할 수지를 잘 달래주길 바란다며 눈을 감는다.

'그래. 그 일이 똑같이 반복되면 돼. 이미 내가 아닌 지훈이 죽으면 형진으로 살아가야 하는 내게 수지를 차지할 기회가 오는 거야.'

결국 형진으로 살아야 하는 지훈은 또 다른 자신을 없애기로 마음먹는다.

그리고 지훈을 마약 밀매 브로커로 만들기 위해서 이런저런 증거들을 조작하려 한다.

한데 조작할 필요도 없이 실제 지훈이 브로커로 활동한 증거가 속속들이 나오기 시작한다.

그에 형진은 의아함을 느낀다.

전생의 기억 속에 자신은 결코 이런 짓을 벌인 적이 없기 때문이다.

형진은 의문을 품은 상태에서 계속 지훈의 뒤를 캐낸다.

그럴수록 지훈의 범행 증거들은 명확해진다.

이제 뭐가 진실이고 거짓인지 알 수 없는 상황 속에서 형진은 차라리 잘됐다고 생각해 버리기로 한다.

어차피 혼란스러운 현실이라면 목적했던 수지를 품에 넣는 것으로 좋았다.

형진의 비틀린 욕망은 자신이 왜 브로커로 몰려 죽임을 당했는지 밝혀내는 것에서, 수지를 갖기 위해 또 다른 나를 범인으로 몰아 죽여야 한다는 것으로 바뀌었다.

결국 이번 세상 속의 지훈도 마약 밀매 브로커로 쫓기다 불의의 사고를 당하게 된다.

형진은 그런 지훈의 손을 잡고서 절규한다.

그러나 끝내 지훈은 수지를 부탁한다는 말을 남긴 채 눈을 감아버린다.

형진은 죽어버린 지훈을 품에 끌어안고서 미소를 머금는다.

이후 형진이 수지를 위로하며 서서히 그녀의 마음 안으로 들어가는 장면들이 서술되어지면서, 수지의 미소를 마지막으로 소설은 끝이 난다.

누가 봐도 이상하다고 할 법한 마무리였다.

한데 김두찬은 이것을 수지의 입장에서 다시 적어나가고 있었다.

―그러니까… 약혼녀 수지의 입장으로 적힌 글을 보면 그 떡밥들이 다 회수된다는 말씀이신 거죠?

"맞아요. 냉정과 열정 사이 아시죠? 그 책처럼 적은 형진으로 환생한 지훈의 입장에서 한 권, 그리고 수지의 입장에서 한 권. 총 두 권으로 출간되는 거죠."

―작가님… 이거 대박입니다. 떡밥들만 잘 회수하면 초대박이 날 거라고 감히 장담할 수 있습니다! 저 벌써부터 기대됩니다. 대체 어떻게 이야기를 풀어나가실지, 그 많은 떡밥들 어떻게 회수하실지 궁금해 죽겠어요!

"내일 아침까지 원고 넘어갈 겁니다."

―그렇게 빨리요?

"적 완결 치고 나서 바로 집필 들어갔었거든요. 이미 한 번 썼던 이야기를 시점 변경하고 떡밥 회수하는 거라 집필 속도가 훨씬 빠르네요."

―그렇게만 넘겨주신다면… 오늘이 수요일이니까 내일 아침에 받은 원고 저녁에 작가 교정 보내 드리고 월요일까지는 출간 가능하게 힘써 보겠습니다!

"정말요? 그렇게 되면 몽중인과 적의 출간 기념 파티를 동시에 하게 되는 셈이겠네요."

―아, 그렇겠네요. 자리가 더 의미 있어지겠는데요? 아무튼 표지 작업도 거의 다 끝나가니까 큰 변고가 없는 이상 월요일 출간은 가능할 것 같습니다.

"알겠어요, 이사님. 그렇게 생각하고 있을게요."

―네네. 그럼 원고 잘 부탁드리겠습니다!

"네, 들어가세요."

선우동과의 통화가 끝난 후, 김두찬은 다로미의 원고를 닫고 적을 열었다.

이미 적의 원고는 어제 하룻밤 새 반절 이상 집필한 이후였다.

스스로 생각해도 미친 속도였다.

'마무리하자.'

김두찬은 작품 속의 수지가 되어 형진의 입장에서 못다 한 이야기들을 신나게 풀어나갔다.

몇 시간 동안 쉬지 않고 움직이던 그의 손가락이 비로소 멈췄을 때.

"완성."

창 밖에서는 서서히 동이 트고 있었다.

김두찬은 완성 원고를 출판사에 보냈다.

선우동을 비롯한 모든 출판사 임직원들이 아침 일찍부터 출근해 김두찬의 원고를 기다리고 있었다.

"김 작가님 원고 들어왔습니다!"

메일을 확인한 편집자의 외침에 모든 사람들이 일제히 원고를 다운받아 읽어나갔다.

그리고 수지의 입장에서 써 내려간 글을 전부 읽고 난 이후.

"…이 작가님은 미치셨어."

누군가의 입에서 그런 말이 터져 나왔다.

미쳤다는 말 외에는 글 속에 담긴 완벽한 설정과 살아 숨쉬는 캐릭터와 정신이 아찔해지는 반전, 그리고 그 모든 것을 버무려 극한으로 이끌어낸 재미를 달리 표현할 방법이 없었다.

Liking 48

다 보냈는데요?

김두찬은 적의 원고를 넘긴 뒤에도 쉬지 않고 집필 작업에
몰두했다.

한참 동안 원고를 향해 있던 그의 시선이 모니터의 우측 하
단으로 움직여 시간을 확인했다.

'8시 반.'

오늘 첫 강의는 10시 10분부터다.

지각하지 않으려면 슬슬 일어나야 했다.

'이것만 마무리 짓자.'

김두찬이 빠르게 손을 놀려 또 하나의 원고를 완성했다.

원고의 제목은 '내 친구 다로미 8화'였다.

그는 6시에 적 원고를 보낸 후, 2시간 반 동안 다로미 프로젝트를 4화부터 8화까지 총 5화나 적어 내려간 것이다.

평균 30분에 한 화가 탄생한 셈이었다.

미친 듯한 속필이었지만 그렇다고 시나리오의 퀄리티가 떨어지는 것도 아니었다.

설정이나 재미, 무리 없이 진행되는 스피디한 이야기 전개 등, 완벽했다.

더 놀라운 건 이미 그 원고들이 퇴고를 거친 상태라는 것이다.

'일단은 여기까지 해놓고 나가자.'

김두찬이 장대찬 매니저에게 연락을 취한 뒤 부랴부랴 샤워를 마치고 옷을 갈아입었다.

밖으로 나오니 검은색 밴이 미리 와 대기하고 있었다.

기분 좋게 차에 올라탄 김두찬에게 장대찬이 넌지시 물었다.

"그런데 작가님. 이동하는 차 안에서는 한 번도 집필하시는 모습 보지 못했습니다. 혹시 이동할 때만이라도 편히 쉬고 싶으셔서 그러시는 겁니까?"

장대찬이 우락부락한 얼굴에 어울리지 않는 상냥한 미소를 짓고서 물었다.

"아니오. 그건 아니고… 그러게요?"

김두찬은 몸매와 체력의 랭크가 올라간 이후로 하루 이틀

잠을 못 잔다고 크게 피로하거나 지치지 않았다.

차 안에서 글을 쓰지 않았던 건, 피로의 문제가 아니었다. 글을 쓸 수단이 여의치 않았기 때문이다.

연습장에 펜으로 적을 수도 있지만 그건 너무 비효율적이었다.

글은 키보드로 두들기는 게 집필 속도도 빨랐고, 더 익숙했다.

"생각해 보니까 노트북이라도 하나 마련해야겠네요. 그럼 차 안에서도 집필할 수 있고 편하겠어요."

김두찬의 말에 장대찬이 자신만만한 웃음을 머금었다.

그가 조수석에 있던 박스 하나를 김두찬에게 건넸다.

김두찬이 받아보니 최신형 노트북이었다.

"어? 이거 노트북이네요?"

"운영체제랑 워드 프로그램도 최신 버전으로 세팅 끝난 겁니다. 하하하!"

"저 주시는 거예요?"

"네! 사장님께서 이틀 전에 미리 주문해 놓은 겁니다. 선물로 드리라고 하셨습니다."

"와, 진짜 감사하네요. 전화 한 통 드려야겠어요. 한데 저 노트북 없는 건 어떻게 아시고……?"

"딱히 그렇다기보다는 최신형 노트북을 드리고 싶었던 것 같습니다. 우리 사장님, 능력 확실한 분께는 투자를 아끼지 않습니다."

정태산의 자랑을 늘어놓는 장대찬의 얼굴엔 자부심이 가득
했다.

"그렇군요. 제가 따로 전화드리겠지만 정말 감사하다고 한
번 더 전해주세요, 장 매니저님."

"네! 알겠습니다! 아, 그리고 학교 스케줄은 제가 꿰고 있으
니 앞으로 번번이 전화 안 주셔도 됩니다. 알아서 기다리겠습
니다. 변동 사항 있을 때만 연락 주시면 됩니다! 그럼 학교까
지 안전히 모시겠습니다."

"잘 부탁드릴게요."

장대찬이 벤을 몰았다.

김두찬은 늘 앉던 운전석 바로 뒷좌석에서 한 칸 더 들어
가 앉았다.

가장 후방의 좌석은 의자 하나와 테이블, 그리고 간이침대
가 놓여 있었다.

한마디로 캠핑카처럼 개조를 한 것이다.

김두찬이 거기에 앉아 테이블 위에 노트북을 놓았다.

룸미러로 이를 힐끔 본 장대찬의 입이 다시 열렸다.

"사실 이 캠핑카도 작가님께서 이동 중 집필이 용이하도록
사장님이 특별히 신경 쓴 겁니다!"

"그래요? 저는 지급되는 캠핑카가 다 이런 줄 알았어요."

"아닙니다! 이건 플레이 인에서도 A급 스타 아니면 지급되

지 않는 밴입니다!"

즉, 김두찬은 지금 플레이 인에서 A급 스타의 대우를 받고 있다는 말이었다.

"와아. 저한테 너무 과한 대접해 주셔서 황송하네요. 하하."

"저는 작가님이 충분히 이런 대우받을 자격 있다고 생각합니다! 그러니 부담 없이 사용하시면 됩니다!"

"하하, 감사해요, 장 매니저님."

집필하기 좋은 환경의 밴에 노트북까지.

자신의 소속사에서 이렇게 극진히 대접을 해주니 기분이 절로 좋아지는 김두찬이었다.

'대접받은 값은 해야지.'

김두찬이 워드 프로그램을 열어 내 친구 다로미의 9화 집필에 들어갔다.

*　　　*　　　*

학교에 도착하는 동안 다로미는 11화까지 집필을 완료할 수 있었다.

그는 오전 강의를 듣고 난 공강 시간에도 내 친구 다로미를 집필하는 데 열중했다.

식사를 하지도 않았다.

장재덕이 그런 김두찬을 걱정하며 샌드위치와 음료수를 사다 곁에 놓아주었다.

그런 장재덕에게 다른 여학생들의 눈총이 쏟아졌다.

김두찬을 챙겨주며 거리를 좁힐 좋은 기회를 놓쳐 버렸기 때문이다.

한편, 열심히 집필에 몰두하는 김두찬을 멀리서 씁쓸한 얼굴로 바라보는 여인이 있었다.

주로미였다.

'두찬이… 점점 나랑은 다른 세상에 있는 사람이 되어가는 것 같아.'

주로미는 김두찬에게 이성으로서 호감이 있었다.

그런데 어느 순간부터 김두찬에게 거리감을 느끼기 시작했다.

그는 하루가 무섭게 성장해 나가고 있었고 그만큼 바빠졌다.

도저히 한 명의 사람이 소화해 나갈 수 없는 스케줄들을 지치지도 않고 이어나갔다.

그런 그에게 주로미는 여자로서 다가갈 자신이 없었다.

게다가 주로미에게는 한 가지 더 그녀의 마음을 복잡하게 만드는 상황이 겹쳤다.

띠링—

스마트폰에서 메시지가 왔음을 알렸다.

주로미가 메시지를 확인했다.

보낸 사람은 연기과 홍근원이었다.

김두찬과 족구 시합을 했으며, 노는 삼촌이라는 밴드의 기타리스트이기도 했다.

얼마 전에는 김두찬과 한강에서 우연히 만난 적도 있었다.

당시 노는 삼촌 밴드는 김두찬의 음색에 반해 연주하는 것을 잊어버렸고, 이에 무반주로 노래 부르는 김두찬의 영상이 화제에 오르기도 했다.

―로미야, 저녁에 시간 되면 치맥 콜?

주로미는 복잡한 심경에 답장을 망설였다.

일전에 김두찬 무리에서 이탈해 학교 밖에서 따로 점심을 함께 먹었던 사람도 홍근원이었다.

그는 족구 시합에서 주로미를 본 이후부터 적극적으로 대시하고 있었다.

그녀와 둘이 밥이라도 먹을 때는 자신의 마음을 확실하게 표현했다.

주로미는 말없이 액정을 바라보다가 한마디 대답을 적어 보냈다.

―그러자.

김두찬도, 주로미도, 호감 가는 이성에게 먼저 다가가기에는 아직 경험이 너무 없는 사람들이었다.

사랑에도 연습은 필요했다.

*   *   *

50분 정도의 공강 시간이 끝나는 동안 김두찬은 다로미 두 편을 더 집필했다.

이로써 다로미는 딱 절반 분량인 13화까지 집필이 완료되었다.

학교에서 나온 김두찬은 밴을 타고 서로아의 병원으로 향했다.

밴 안에서도 집필은 끊이지 않고 이어졌다.

단 5분밖에 걸리지 않는 거리였음에도 노트북 자판을 끊임없이 두드렸다.

그러다 흐름이 좋아져 주차장에 세워둔 밴 안에서 15분 동안 더 머무르며 14화도 집필을 끝내 버렸다.

퇴고는 집에 가서 한 번에 할 셈이었다.

김두찬이 차에서 내려 서로아의 병실로 향했다.

그가 소아 병동에 들어서자마자 간호사들의 얼굴이 밝아졌다.

김두찬을 발견한 아이들이 우르르 달려 나와 동시에 몰려들었다.

김두찬은 아이들 한 명 한 명에게 친절히 인사를 해주며 서로아의 병실로 들어섰다.

뒤에 아이들을 줄줄이 데리고 들어서는 광경이 마치 피리 부는 사나이를 보는 것 같았다.

"오빠!"

서로아가 김두찬을 보자마자 마구 달려들어 안겼다.

그 뒤를 따라온 조선호가 김두찬의 손을 덥석 잡고 말했다.

"두찬 청년! 수술 날짜 잡혔어요!"

듣던 중 반가운 소리였다.

김두찬이 함박웃음을 머금고 물었다.

"그래요? 언제예요?"

"딱 한 달 뒤에요."

"그때 제가 다른 일이 없다면 꼭 와서 로아한테 힘이 되어 드릴게요."

"말만으로도 고마워요, 두찬 학생. 수술 잘 마무리되면, 어떻게든 내가 두찬 학생한테 은혜 갚을게요."

"로아 예쁘게 무럭무럭 잘 키워주시는 게 은혜 갚는 거라고 생각해 주세요."

"하이고, 두찬 학생… 학생은 하늘에서 나한테 보내준 천사 같아요."

"맞아! 두찬이 오빠는 천사야!"

서로아가 조선호의 말에 맞장구쳤다.

그러자 김두찬을 따라온 아이들이 저마다 한 마디씩을 던지기 시작했다.

"잘생긴 천사야!"

"천사 중에서도 가장 착한 천사야!"

"날개는 구름에 두고 와서 안 보이는 거래!"

"우리 엄마가 천사는 없댔어."

"…방금 어떤 새끼야?"

아이들은 정신없이 꺅꺅댔다.

결국 소란을 듣고 달려온 간호사들의 제지로 겨우 진정할 수 있었다.

'제발. 로아의 수술이 무사히 끝나기를.'

김두찬은 서로아의 티 없이 맑은 눈망울을 바라보며 간절히 바랐다.

그때 시스템 메시지가 나타났다.

[퀘스트: 세 개의 생명을 살려라. 2/3]

'어? 퀘스트가 갱신됐어. 아직 로아가 수술을 한 것도 아닌데.'

김두찬의 의문에 로나가 대답을 해왔다.

―현재 두찬 님의 행운 랭크와 서로아에게 골수 이식을 하겠다고 한 사람의 상황을 종합해 봤을 때, 수술이 수포로 돌아가거나 실패로 끝날 일은 0.2퍼센트도 되지 않는답니다.

'그래도 지금까지는 확실히 해결한 뒤에 퀘스트가 갱신되는 식 아니었어?'

—이번만큼은 보너스라고 생각하세요. 그 정도 노력을 하셨으니 자격이 있답니다.

로나의 말을 들은 김두찬이 피식 웃었다.

안 그런 척해도 대단히 상냥한 여인이었다, 로나는.

'고마워, 로나.'

*   *   *

김두찬은 집으로 돌아오는 중에 밴 안에서 또다시 노트북으로 시나리오를 작성했다.

집에 도착했을 때, 노트북에는 내 친구 다로미 15화와 16화의 워드 파일이 새로 만들어져 있었다.

김두찬은 그 파일들을 컴퓨터로 옮겨 전부 퇴고했다.

이후, 17화부터 연이어 집필을 시작해 나갔다.

7시부터 시작된 집필은 자정이 될 무렵까지 쉬지 않고 이어졌다.

타타탁!

"끝!"

12시 4분 전.

김두찬이 시원하게 외치며 엔터를 쳤다.

그리고 내 친구 다로미 폴더를 열었다.

거기엔 1화부터 26화까지 모든 원고가 완성되어 있었다.

김두찬은 그 원고들을 1시간 동안 다시 한번 검수했다.

오탈자와 비문을 전부 잡아내고, 스토리적인 오류가 없는지 체크했다.

그리고 새벽 1시가 조금 넘어서야 완벽한 원고를 아이 프로덕션 김태영 대표의 메일로 보낼 수 있었다.

"흠. 메시지는 내일 보낼까?"

늦은 새벽이라 연락하는 것이 실례가 될지도 몰랐다.

하지만 김태영은 한시가 급해 보였다. 실례가 되더라도 일단 연락은 해놓는 게 좋을 것 같았다.

─김 대표님, 새벽에 죄송합니다. 방금 내 친구 다로미 원고 보냈습니다. 확인 부탁드립니다.

메시지를 전송한 김두찬이 환상서 사이트에 접속해, 영웅의 노래 게시판을 클릭했다.

영웅의 노래는 그동안 16편이 업로드되었다.

즐겨찾기는 7만, 평균 조회 수는 16만이 넘었다.

연재 6일째에 적의 기록을 넘어섰다.

'슬슬 영웅의 노래도 비축분을 더 만들어야겠다.'

근 며칠 동안 적의 수지 버전과 내 친구 다로미를 집필하느라 영웅의 노래에는 손을 대지 못했다.

비축분은 26화까지 만들어놨기에 충분히 여유가 있었다.

하지만 김두찬은 거기에 만족하지 못했다.

게시판에 영웅의 노래 4연참을 때린 후, 27화분의 집필에 들어갔다.

그런데 그때 김태영에게서 전화가 왔다.

"아, 김 대표님."

─네, 김 작가님.

스마트폰 너머에서 꽉 잠긴 김태영의 음성이 들려왔다.

"저 때문에 주무시다가 깨셨어요?"

─아뇨, 아뇨. 의자에 앉아서 업무 보다가 잠깐 졸았어요. 그런데 원고 보내셨다고요?

"네. 조금 전에 김 대표님 메일로 보내 드렸어요."

─아, 네. 확인해 볼게요. 몇 화까지 보내셨나요? 한 3화 정도만 되도 작품 어떤지 확실히 판단할 수 있을 것 같은데.

"다 보냈는데요?"

김태영은 김두찬이 자신의 말을 잘 이해 못 한 줄 알았다.

몇 화까지 보냈느냐고 했는데 다 보냈다는 대답이 돌아왔으니 그럴 만도 했다.

'글만 잘 나오면 말 조금 못 알아듣는 거야 무슨 문제가 되겠냐.'

김태영은 김두찬이 무안하지 않도록 돌려 말하며 메일함을 열었다.

─아, 집필한 부분 다 보내셨다고요? 지금 바로 메일 열어볼게요. 어디 보자. 몇 화까지 보내셨나…….

그때 김두찬의 음성이 다시 들려왔다.

"아니요. 1화부터 26화까지 다 보냈다고요."

거의 동시에 김태영이 김두찬에게서 온 메일을 클릭했다.

딸깍.

—…네? 방금 뭐라고…….

"내 친구 다로미, 1화부터 26화까지 20분 분량으로 전부 집필해서 보냈어요, 김 대표님."

김두찬이 보낸 메일의 첨부 파일이 주르륵 떴다.

이를 본 김태영의 눈이 튀어나올 듯 커졌다.

—지저스…….

스마트폰 너머로 들려오는 김태영의 목소리가 전보다 더 꽉 잠겼다.

Liking 49
몽중인이 또?

타타타타탁.

금요일 새벽.

김두찬의 방 안에서는 그칠 줄 모르고 키보드 두드리는 소리가 들려왔다.

김태영과 전화 통화를 마친 뒤, 김두찬은 영웅의 노래를 집필하는 중이었다.

1시간 동안 27화, 28화를 완성시켰다.

'조금만 더 쓸까?'

김두찬이 29화를 이어 쓰려다가 손을 멈췄다.

뭔가 잊어버린 게 있는 것 같았다.

'아! 교정.'

김두찬이 얼른 메일함을 열어 아띠 출판사에서 보낸 메일을 확인했다.

저녁 7시쯤 교정본이 넘어와 있었다.

그 파일을 다운받아 빠르게 정독하며 작가 교정을 보아 나갔다.

1시간이 지나서 교정이 끝났다.

김두찬은 그것을 아띠 출판사에 보내고 나서 다시 영웅의 노래를 집필해 나갔다.

결국 그날 김두찬은 새벽 네 시가 되어서야 침대 위에 누울 수 있었다.

영웅의 노래는 30화까지 집필되었다.

딱 거기까지가 김두찬이 생각하는 무료 연재 분량이었다.

30화 이후부터는 요즘 장르 시장의 글들이 다 그렇듯 유료 연재로 편당 100원씩 받으면서 연재하는 방식으로 돌릴 예정이었다.

문제는 어디랑 계약을 하느냐였다.

기존의 아띠 출판사에서는 당연히 영웅의 노래를 탐내고 있었다.

뿐만 아니라 다른 장르 출판사에서도 지속적으로 연락이 오고 있는 중이었다.

'이건 그냥 내가 혼자 해볼까?'

차라리 그게 나을 수도 있었다.

출판사 없이 혼자 해보는 것도 괜찮지 않을까 싶은 생각이
들었다.

김두찬은 조금 더 생각해 보기로 하고 눈을 감았다.

*   *   *

"미치겠네……."

새벽 여섯 시.

슬슬 동이 터오고 있는 시간.

김태영은 회사 사무실에서 밤을 꼬박 샜다.

붉게 충혈된 두 눈은 모니터에 고정되어 있었다.

그가 보고 있는 건 내 친구 다로미 26화의 마지막 부분이
었다.

"이걸… 단 며칠 만에 집필했다고?"

정확히 따지면 사흘이다.

글을 집필한 시간만 셈해보면 이틀밖에 되지 않는다.

한데 더 놀라운 건, 시나리오가 완벽하다는 것이다.

재미, 설정, 캐릭터, 스토리, 그 어느 부분 하나 부족한 게
없었다.

김태영의 등줄기에서 짜르르 전율이 일었다.

"사람이 아니야."

김태영은 다시 한번 원고를 1화부터 빠르게 훑어 내려갔다.

이 원고라면 그 깐깐한 유대만도 납득시킬 수 있을 것 같았다.

"두 달 안에만 원고가 나와줘도 감지덕지였는데."

이런 식으로 사람을 놀라게 할 줄은 몰랐다.

지금 김태영에게 김두찬은 구세주나 다름없었다.

그가 모든 원고를 유대만 작가의 메일로 보냈다.

"어디, 이번에도 부족하다는 말이 나오는지 봅시다."

메일이 전송 완료되었다는 메시지를 보며 김태영이 입꼬리를 말아 올렸다.

* * *

김두찬은 고작 세 시간만 자고 눈을 떴다.

평소 같았다면 금요일엔 강의가 없으니 좀 더 푹 잤을 테지만, 오늘은 사정이 달랐다.

태평예술대학 체육대회가 있는 날이기 때문이다.

잠이 부족했지만 크게 상관은 없었다.

약간의 피로감이 남아 있을 뿐, 크게 무리는 없었다.

그 피로감마저도 개운하게 샤워를 끝내고서 아침을 든든히 먹으니 거짓말처럼 사라졌다.

김두찬은 오늘을 위해 얼마 전 미리 사두었던 트레이닝복을 걸치고 운동화를 신었다.

피팅 모델 일을 하다 보니 이제는 옷을 고르는 눈도 제법 높아졌다.

해서, 트레이닝복과 운동화도 상당히 패셔너블한 것으로 골라 촌스럽지가 않았다.

일상복으로 입고 다녀도 무리가 없을 정도였다.

만반의 준비를 갖춘 김두찬이 밖으로 나오니 밴이 대기하고 있었다.

"좋은 아침이에요, 장 매니저님."

밴에 오른 김두찬이 인사를 건넸다.

장대찬이 함박 미소로 화답했다.

"오늘도 편안히 모시겠습니다!"

밴이 경쾌하게 출발했다.

김두찬은 밴 안에서 노트북을 열어 영웅의 노래를 집필했다.

한참 그가 창작에 몰두해 있을 때였다.

정태산으로부터 전화가 왔다.

"네, 사장님."

—김 작가! 내가 지금 꿈을 꾸고 있는 건가? 으하하하하하!

전화를 받자마자 정태산의 유쾌한 웃음소리가 고막을 쩌렁쩌렁 울렸다.

"무슨 일이세요?"

―방금 아이 프로덕션 김 대표에게 연락 받았네! 내 친구 다로미를 완결 지어서 넘겼다고?

"아, 네. 김 대표님께서 어찌 보셨을지는 모르겠지만……."

―한국에서 이보다 완벽한 애니메이션 시나리오는 본 적이 없다고 침이 마르도록 칭찬을 했어! 자네 정말 이쪽 일 처음 해보는 거 맞나? 이 친구 이거, 알고 보니 타짜 아니야?

"그럴 리가요."

김두찬이 머쓱하게 미소 지었다.

―김 작가. 오늘 스케줄이 어떻게 되나?

전화기 너머 정태산의 음성이 한없이 부드러웠다.

"학교에서 운동회가 있습니다. 이후에는 별다른 일 없고요."

―잘됐구먼! 일 보는 대로 회사에 오게. 계약서도 제대로 작성할 겸, 김 대표한테 감사 인사도 받을 겸! 그 양반, 은근 고지식한 면이 있어서 말이야. 이렇게 큰 도움을 준 은인한테 전화로 감사 인사하는 건 실례라고 하지 않나? 자네 집이라도 쳐들어갈 기세였다네.

"그랬군요. 알겠어요. 오늘 찾아뵙도록 할게요."

―알겠네! 아주 좋은 자리를 마련해 둘 테니, 이따 보자고! 하하하.

정태산이 호탕하게 웃으며 전화를 끊었다.

'그러고 보니 계약서도 쓰지 않고 일을 했었네.'

정태산은 김두찬에게 1억의 고료를 준다고는 했지만 그건 어디까지나 구두계약이었다.

모든 일은 우선적으로 계약서에 도장을 찍고서 시작해야 한다.

이번에는 김두찬이 조금 무르게 일을 처리한 감이 없잖아 있었다.

정태산이 그를 아끼기에 망정이지, 그렇지 않았다면 원고만 받고 입을 싹 닦았을지도 모를 일이다.

'앞으로는 더 정신 바짝 차려야지.'

그렇게 생각하며 다시 집필에 들어가려는데 정미연에게서 메시지가 왔다.

—두찬 씨. 토요일 날 시간 비워둬요. 스튜디오 촬영 있어요. 정확한 시간은 정해지는 대로 다시 연락드릴게요. 그리고 그날은 확실한 대답 가지고 올 거라고 믿어요.

메시지를 읽은 김두찬이 빙긋 웃고서 답장을 보냈다.

—토요일이 기다려지네요. 그때 봐요.

*   *   *

체육대회는 그야말로 이변의 연속이었다.

그리고 그 모든 이변 속에는 김두찬이 있었다.

시나리오극작과는 이변에도 다른 과들의 밥으로 인식되었다.

어느 게임이든 일단 시나리오극작과를 밑으로 깔고 가는 분위기였다.

한데 김두찬은 단거리달리기 대표로 나와 당당하게 1위를 차지했다.

그것도 다른 사람들과 엄청난 거리를 벌리면서.

다음으로 이어진 이어달리기에서는 김두찬이 마지막 주자로 나와 뛰었다.

총 다섯 명이 바통을 이어받으며 앞의 네 주자는 반 바퀴를 돌고 마지막 주자는 두 바퀴를 도는 것이 룰이었다.

시나리오극작과는 김두찬에게 바통을 넘기는 전까지 제일 뒤에서 달리고 있었다.

선두인 연기과와는 반 바퀴 이상 거리가 벌어져 있었다.

그런데 김두찬이 바통을 넘겨받는 순간 상황이 급변했다.

트랙을 따라 빠르게 다리를 놀리는 김두찬의 모습은 가히 바람과 같았다.

앞서 있던 주자들을 쉽게 제치고, 한 바퀴를 도는가 싶더니 두 번째 바퀴에서는 초입에서 선두를 빼앗았다.

그대로 계속해서 선두를 지키며 김두찬은 골인했다.

이어달리기는 배당 점수가 제법 큰 만큼 시나리오극작과의 순위는 상위권에 올라가게 됐다.

그 후에는 줄다리기 시합이 이어졌다.

줄다리기는 14개 과가 2개 과씩 연합을 맺어 총 7개의 연합 팀이 토너먼트 형식으로 승부를 겨루게 된다.

당연히 한 과는 제비뽑기를 해 부전승으로 1라운드를 통과한다. 이건 상당히 중요한 포인트였다.

다른 과들에 비해 체력을 비축할 수 있기 때문이다.

제비뽑기는 교수 중 한 명이 진행했다.

모든 연합 팀들이 자신들의 번호가 불리기를 기대했다.

시나리오극작과는 미용과와 한 팀이 되어 7조로 편성받았다.

상대적으로 여자가 많아서 조금 불리한 조합이었다.

7조 사람들은 제발 부전승으로 올라가기를 바랐다.

그리고 그들의 바람은 이루어졌다.

교수가 뽑은 제비에는 7이라는 숫자가 크게 적혀 있었다.

김두찬의 행운이 작용한 결과였다.

덕분에 7조는 부전승으로 2라운드에 진출했다.

한데 거기서도 김두찬의 행운은 계속 힘을 발휘했다.

2라운드에서 붙게 된 5조는 팀의 조합이 좋아 우승 후보 중 하나였는데 전 라운드에서 붙었던 6조 역시 만만찮은 우승 후보였다.

해서 힘을 너무 써버리는 바람에 2라운드에서는 영 맥을 추지 못했다.

결국 7조는 또 한 번 승리했고 결승전에서 1조와 붙게 됐다.

두 번의 힘든 싸움을 거치고 올라온 1조 역시 6조와 상황은 별다를 게 없었다.

반면 한 번은 부전승으로, 또 한 번은 큰 힘 들이지 않고 올라온 7조는 모든 학생들이 쌩쌩했다.

덕분에 1조를 쉽게 눌러 버리고 우승을 차지했다.

이후에 이어진 축구 시합에서도 김두찬이 눈부신 활약을 하며 상대 연합 팀을 눌러 버렸다.

결국 굵직굵직한 게임은 전부 시나리오극작과가 속해 있는 팀이 이기게 된 것이다.

그 외에 자잘한 게임에서 시나리오극작과는 중하위 성적을 기록했지만, 워낙 큰 종목들에서 우승을 휩쓴지라 좋은 점수를 기대할 만했다.

모든 경기가 끝나고 학생들은 한데 모였다.

이제 남은 건 최종 점수를 공개하는 것뿐이었다.

이사장의 진행으로 최하위 과부터 차례대로 점수가 공개되었다.

그런데 중위권을 지나 상위권 점수를 공개할 때까지도 시나리오극작과의 이름이 불리지 않았다.

"야, 이거 설마……."

김두찬의 옆에 서 있던 2학년 과대 공상천의 눈빛이 기대감에 가득 찼다.

계속해서 각 과의 종합 점수가 나열되는 와중 이제 남은 과는 셋이었다.

그리고 그 안에 시나리오극작과도 포함되어 있었다.

"제발, 제발."

공상천을 비롯한 모든 학생들이 손에 땀을 쥐었다.

이사장이 3위의 성적을 발표했다.

"3위는 외식조리과. 320점."

와아아아아아아!

외식조리과가 함성을 터뜨렸다.

그런데 그보다 시나리오극작과의 함성이 더 컸다.

우와아아아아아아!

시나리오극작과 학생들은 1위 후보에 올랐다는 것만으로 기분이 날아갈 것 같았다.

동시에 긴장감이 가슴을 옥죄었다.

1학년보다 2학년들이 더 많이 긴장했다.

"대망의 1위는."

이사장이 손에 들린 채점지를 보고서는 의미심장한 미소를 지었다. 이어, 그의 시선이 시나리오극작과에게 향했다.

"축하드립니다. 시나리오극작과! 350점! 연기과는 340점으로 2위를 차지했습니다."

와아아아아아아아!

시나리오극작과의 모든 학생들이 함성을 질렀다.

공상천이 김두찬의 두 팔을 잡고 높이 들어 올렸다.

"두찬 후배 만세!"

그러자 다른 학생들이 일제히 김두찬을 끌어안았다.

시나리오극작과는 김두찬의 활약으로 꼴등에서 벗어났을 뿐 아니라, 단 한 번도 해본 적이 없던 1위를 차지했다.

그야말로 대이변이 일어난 것이다.

시나리오극작과 학생들이 일제히 김두찬의 이름을 연호했다.

그 속에서 김두찬은 행복한 미소를 지었다.

저도 모르게 이런 행운을 가져다준 정미연의 얼굴이 떠올랐다.

*   *   *

같은 시각.

유대만을 만나러 그의 작업실까지 찾아간 김태영은 신선한 충격에 휩싸여 얼이 빠질 지경이었다.

"방금… 뭐라고 하셨어요?"

김태영은 자신이 잘못 들은 게 아닌가 싶어 물었다.

"못 하겠다고요."

유대만의 입에서 그의 인상만큼이나 날이 선 음성이 흘러나왔다.

"그러니까 다로미 프로젝트를 진행하지 못하겠다 이겁니까?"

"네."

"원고 보셨잖습니까. 완벽하다고 했잖아요."

"네, 완벽했습니다."

"그런데 대체 왜……!"

유대만이 한숨을 쉬며 안경을 고쳐 썼다.

"그게 문젭니다. 이 원고는 제 원작을 넘어서고 있어요. 이건 다로미가 아닙니다. 다로미보다 훨씬 잘 만들어진 다른 캐릭터예요."

"그럼 좋은 거 아닙니까?"

"이해를 못 하시는 모양인데… 이건 다로미보다 업그레이드된 캐릭터지, 다로미가 아니에요."

김태영은 미치고 팔딱 뛸 지경이었다.

원작을 업그레이드시켜 줘서 마음에 안 든다는 인간은 처음이었다.

"생각해 보세요. 난 내 자식을 사랑하는 거지, 내 자식보다 뛰어난… 내 자식인 것 같은 존재를 사랑하는 게 아닙니다."

유대만의 입장은 완강했다.

김태영은 더 이상 그를 설득하는 건 의미 없는 짓이라고 판단했다.

"이렇게 되면 이 프로젝트, 순전히 유대만 작가님 때문에 엎어지는 겁니다."

"인정합니다."

"위약금 알아서 잘 토해내시리라 믿겠습니다. 법정에서 서로 얼굴 찌푸리는 일 만들지 않으려면."

자리에서 일어난 김태영이 거칠게 작업실을 나갔다.

그리고 당장 김두찬에게 전화를 걸었다.

"네, 김 작가님. 부탁드릴 게 있습니다. 다로미 프로젝트, 엎어버리고 우리 측에서 오리지널 캐릭터를 만들어서 진행하는 게 어떨까 싶어서요. 어차피 원작자가 이건 자신의 캐릭터가 아니라고 인정했습니다. 작가님께서 캐릭터 설정 잡아주시고 이름 정해주시면 캐릭터 완구 사업의 수익 일부를 지급해 드리겠습니다. 지금과 크게 달라질 필요는 없습니다. 다람쥐는 날다람쥐로 바꾸고 성격과 버릇 같은 것들만 조금 틀어주시면… 네. 가능하시다고요? 네. 그럼요. 작가님의 실력은 의심 안 합니다. 문제는 새로운 캐릭터 디자인을 언제 뽑아내느냐 인데… 네? 지금 뭐라고……?"

김태영은 자신의 귀를 의심했다.

하지만 다시 들려온 김두찬의 대답은 똑같았다.

―제가 이틀 안에 캐릭터 디자인 새로 잡고 이름 정해서 드릴게요.

"작가님 그림도 그릴 줄 아셨어요?"

―네, 조금요. 그리고 새로운 캐릭터의 성격, 버릇, 조금씩 틀고 세계관도 다시 잡아드릴게요. 그에 따라 시나리오의 스토리 구조와 여러 장면들도 수정을 거쳐야겠죠. 이 작업 역시 최대한 빨리 진행해서 캐릭터 디자인 넘겨 드릴 때 같이 넘겨

드릴게요.

"그, 그렇게만 해주신다면……."

―대신 조건이 있어요. 오늘 계약서 작성하면서 한 번 더 말씀드리겠지만.

"무슨 조건이든 최대한 들어드리겠습니다!"

지금 김태영은 발등에서 꺼졌던 불씨가 다시 살아나고 있는 중이었다.

이번에도 김두찬이 자신을 살려준다면 어느 정도 무리한 요구라도 들어줄 의향이 있었다.

―캐릭터 저작권은 제 이름으로 등록하고 싶어요. 가능할까요?

"작가님 손에서 탄생하는 캐릭터인데 무슨 문제가 있겠습니까! 캐릭터 사업으로 생긴 수익 역시 합리적으로 분배해 드리겠습니다! 이 부분은 오늘 만나서서 자세히 얘기 나누죠!"

―알겠어요. 그리고 한 가지 더 부탁드릴 게 있는데요. 그게…….

김두찬의 부탁을 전부 듣고 난 김태영은 저도 모르게 혀를 내둘렀다.

*   *   *

김두찬은 김태영과 전화 통화를 하며 사태가 어찌 돌아가는 건지 파악한 뒤 바로 그림의 랭크를 업그레이드시켰다.

'그림에 간접 포인트 2,400을 투자하겠어.'

[그림의 랭크가 B로 업그레이드됐습니다. 랭크 업 특전이 주어집니다. 모든 그림을 전문가 수준으로 그릴 수 있게 됩니다.]

[그림의 랭크가 A로 업그레이드됐습니다. 랭크 업 특전이 주어집니다. 모든 그림을 명인 수준으로 그릴 수 있게 됩니다.]

이어 손재주의 랭크도 올렸다.

'손재주에 간접 포인트 1,600 투자.'

[손재주의 랭크가 A로 업그레이드됐습니다. 랭크 업 특전이 주어집니다. 손으로 하는 모든 능력에 35%의 버프가 적용됩니다.]

그림과 손재주의 랭크를 올린 뒤, 김두찬은 연습장을 꺼내 볼펜으로 머릿속에 떠오르는 캐릭터를 아무거나 그려봤다.

펜이 하얀 종이 위에 몇 번 스치듯 지나간 것뿐인데, 그럴듯한 캐릭터가 하나 탄생했다.

그림 실력이 명인 수준으로 올라간 데다 손재주 버프를 35%나 받은 효과는 대단했다.

김두찬의 마음속에 자신감이 생겼다.

'이왕 이렇게 된 거, 캐릭터도 내가 만들어 버리면 어떨까.'

그는 바로 김태영에게 제안을 건넸다.

"김 대표님, 제가 이틀 안에 캐릭터 디자인 새로 잡고 이름 정해서 드릴게요."

―네? 지금 뭐라고……?

"제가 이틀 안에 캐릭터 디자인 새로 잡고 이름 정해서 드릴게요."

―작가님 그림도 그릴 줄 아셨어요?

"네, 조금요."

그다음부터는 일사천리였다.

캐릭터 저작권은 김두찬이 갖기로 했고, 그로 인해 벌어지는 수익도 분배하기로 했다.

아울러 김두찬은 한 가지 조건을 더 걸었다.

"그리고 한 가지 더 부탁드릴 게 있는데요. 그게… 제가 연을 맺은 서로라는 아이가 있어요. 그 아이한테 이번 프로젝트를 진행하며 발매하게 되는 모든 캐릭터 상품을 무료로 보내줬으면 해요."

―네? 겨우… 그겁니까?

내심 엄청난 조건을 제시할 줄 알고 마음의 준비를 했던 김태영이 혀를 내둘렀다.

"네. 들어주실 수 있죠?"

―그럼요. 일도 아닙니다. 계약서에도 똑똑히 적어 넣겠습

니다, 작가님.

"알겠어요. 그럼 잠시 후에 봬요."

김두찬은 벌써부터 행복해할 서로아의 얼굴을 그리며 미소 지었다.

*   *   *

체육대회가 끝나자마자 일찌감치 집으로 돌아온 연기과 2학년 예지우는 거실 소파에 앉아 책을 읽고 있었다.

그녀의 손에 쥐어진 책은 몽중인이었다.

벌써 두 번이나 독파하고 이번이 세 번째로 다시 읽는 중이었다.

그녀는 몽중인의 재미 속에 빠져서 헤어 나오지 못하고 있었다.

한참을 이 기묘한 판타지 로맨스 속에서 허우적대고 있노라면 저도 모르게 김두찬의 얼굴이 떠오르곤 했다.

'이걸 정말 걔가 썼다고?'

게다가 첫 작품이란다.

도저히 데뷔작으로 느껴지지 않는 완성도와 농염함이 느껴졌다.

몽중인의 주인공은 기면증에 걸린 여인 '지연'이다.

기면증은 시도 때도 없이 수면 발작을 일으키며 잠에 빠지도록 만드는 병이다.

지연에게는 현실에서 만나고 있는 남자 친구 '석현'이 있다.

벌써 1,000일이 넘게 그녀를 곁에서 지켜주는 자상한 남자다.

지연은 기면증으로 힘든 일상 속에서도 석현의 보호로 인해 그럭저럭 하루하루를 버텨 나간다.

그러던 어느 날.

지연은 수면 발작으로 잠들어 버린 와중, 꿈속에서 '중인'라는 남자를 만난다.

중인의 직업은 마술사라는 설정이며, 대단한 미남이다.

자상하고 다정하지만 너무 고지식해 가끔 숨이 막히는 석현과 달리, 중인은 가볍지만 유쾌하고 즐거웠다.

지연은 꿈속에서 만난 중인과 재미있는 데이트를 즐기고서 눈을 떴다.

한데 그 이후로 잠이 들기만 하면 꿈속에서 중인이 나타났다.

지연은 그때마다 중인과 행복한 시간을 보낸다.

만약 중인이 현실의 사람이었다면 그와 데이트를 하는 것이 석현에겐 미안한 일이었을 것이다.

그러나 꿈속이니만큼 죄책감은 없었다.

결국 지연은 꿈속의 남자와 육체관계까지 맺어버렸다.

꿈인데 결혼해서 애까지 낳은들 무슨 문제가 있겠는가.

그렇게 꿈에서 또 다른 인생을 즐기던 지연.

어느 날은 현실의 남자 석현과 고급 레스토랑에서 저녁을 먹게 되었다.

음식도 맛있고 창밖의 뷰도 좋았다.

한데, 분위기가 무르익어 갈 때쯤 누군가에게서 메시지가 왔다.

확인해 보니 놀랍게도 메시지를 보낸 이는 중인, 꿈속의 남자였다.

지연은 자신이 헛것을 보는가 싶어 놀라는데, 이어 전화까지 걸려왔다.

받아보니 스마트폰 너머에서 들려오는 건 중인의 목소리가 틀림없었다.

꿈속의 남자가 지연의 현실에 끼어들기 시작한 것이다.

그때부터 지연은 중인이라는 존재가 현석에 대한 미안함이 되어 다가왔다.

꿈이 단순히 꿈으로 끝났을 때는 문제가 되지 않았다.

그런데 꿈이 현실을 침범하는 순간 모든 것이 문제가 되었다.

이후로도 중인은 계속해서 지연의 현실을 건드리고, 지연은 현석에게 죄인이 된 심정으로 지내는 한편, 그럼에도 중인에게 계속 끌리는 마음을 다스릴 수 없어 깊은 고민에 빠진다.

거기까지가 몽중인의 기와 승을 지나 전까지 이르는 부분이었다.

남은 것은 충격적인 반전의 결말뿐.

"진짜 대단해."

예지우는 잠시 책에서 눈을 떼고 중얼거렸다.

벌써 세 번째 읽는데도 질리지가 않았다.

보통 반전이 있는 이야기들은 그것을 알아버리면 김이 확 빠진다.

한데 몽중인은 반전을 알고 봤을 때 느껴지는 또 다른 재미가 있었다.

예지우가 나머지 부분을 읽으려고 다시 책으로 시선을 돌렸을 때였다.

"뭐가 그렇게 대단해?"

오늘 아침에 집에 들어와 지금에서야 깨어난 예지우의 아빠 예몽진이 안방에서 나오며 물었다.

예몽진은 올해 마흔다섯의 제법 이름 있는 영화감독이었다. 다들 예몽진을 미다스의 손이라 칭송했다.

하지만 예지우에게는 나름 큰 키에 배가 조금 나온 털보 아빠일 뿐이었다.

그가 눈을 반쯤 감은 듯 뜨고서 터덜터덜 예지우에게 다가갔다.

"촬영은 잘 마무리됐어요?"

예지우가 책에서 시선을 떼지 않고 물었다.

"네가 안 도와줘서 망할 것 같다, 인마."

"엄살은. 다음 영화는 언제 제작 들어가요?"

예몽진이 예지우의 옆에 털썩 앉았다.

"모르겠다. 끌리는 게 있어야 만들지. 이제는 제작사에서 돈 준다고 이 영화 저 영화 막 손대기 싫어."

"배부른 소리 하시네요. 그렇게 하다가 쪽박 찬다니까."

"근데 뭘 그렇게 열심히 봐?"

예몽진이 예지우의 손에서 몽중인을 빼앗아 갔다.

예지우는 딱히 저항하지 않고 책을 넘겨줬다.

"소설."

"소설? 몽중인? 이거 나도 제목은 들어봤는데. 재미있어?"

"판타지 로맨스예요. 나름 반전도 있고."

"그래? 나 좀 읽어봐도 되냐?"

"읽어보세요. 전 두 번이나 읽었어요."

"어디 보자~"

예몽진이 자세를 제대로 잡고서 몽중인을 읽어나갔다.

촬영도 마쳤겠다, 오늘은 집에서 푹 쉬기로 했으니 심심한 차에 그저 몇 페이지만 훑어볼 셈이었다.

그런데.

'어… 어라? 허어.'

예몽진은 그 자리에서 1시간 만에 책을 독파했다.

그러고는 충격에 빠져 굳어 있다가 이내 두 눈이 초롱초롱해졌다.

'신선해! 그리고 재미있다. 반전도 잘 빠졌어.'

예몽진은 돈이 되는 영화를 만들 줄 아는 감독이다.

그런데 근 몇 년 동안 획일화되어 가는 상업 영화에 염증을 느끼고 있던 찰나였다.

돈 되는 영화를 하기 싫다는 건 아니었다.

돈이 되더라도 다 똑같은 이야기 말고 좀 더 색다른 이야기를 관객들에게 보여주고 싶었다.

하지만 그런 시나리오가 나오지 않으니, 돈이 안 되더라도 작품성 하나만 가지고 밀어붙이는 걸 잡아야 하나 고민이 많던 요즘이었다.

한데 몽중인에 그가 원하던 답이 있었다.

상업성과 작품성, 재미와 완성도, 두 마리 토끼를 모두 잡을 수 있는 이야기가 바로 이 책 한 권에 담겨 있었다!

"이거야……."

옆에서 텔레비전을 보고 있던 예지우가 심드렁하게 물었다.

"뭐가요?"

"이거라고! 내가 찾던 이야기. 가슴속에 잠들어 있던 그 무언가를 계속 간질이는 느낌이 든다. 만들고 싶어."

"만들고 싶다고요?"

"응."

예지우는 내심 놀랐다.

몇 년 전부터 예몽진은 돈을 받았으니 만들어야 한다는 말만 했다.

만들고 싶다는 말은 한 번도 한 적이 없었다.

그런데 몽중인을 읽은 그의 입에서 만들고 싶다는 얘기가 나왔다.

"어디어디. 작가 이름이⋯ 김두찬? 못 들어봤는데. 신인 작가인가?"

"응. 신인이에요."

"그래? 근데 내공이 장난이 아니네."

"그렇게 좋았어요?"

"나 당장 이 작가 연락처 수소문해서 조인한다."

자리에서 벌떡 일어나 스마트폰부터 찾는 예몽진에게 예지우가 말했다.

"그 작가, 나랑 같은 학교 다녀요."

"⋯뭐?"

어딘가로 전화를 걸려던 예몽진의 행동이 딱 멈췄다.

"시나리오극작과 1학년이에요."

"그, 그게 정말이니?"

"네."

"친해?"

"안면은 있어요. 근데 거기까지예요. 개인적 친분은 그다지?"

"지우야! 김두찬이라는 후배 연락처 좀 알아 와다오."

예지우가 간절한 예몽진의 얼굴을 쳐다보다가 배시시 웃었다.

"간만에 아빠 얼굴 멋있다. 알았어요."

*   *   *

김두찬과 정태산, 김태영은 고급 한식당의 넓은 방에 앉아 그들만의 시간을 갖는 중이었다.

정태산은 김태영에게 일이 어떻게 돌아가는지에 대해서 이미 전화로 한차례 전해 들었다.

"유대만 작가가 그렇게 나올 줄은 생각도 못 했어."

정태산이 입맛을 쩝 다셨다.

상 위에 먹음직스러운 안주가 가득 놓여 있었지만 손은 계속 술잔으로만 향했다.

그는 유대만 작가의 고집스러움을 안타까이 여겼다.

장인 정신이라는 것도 정도가 있는 법이다.

그렇게까지 고지식해서는 더 큰일을 도모하기가 힘들다.

"후, 지난 일은 빨리 털어버리는 게 맞겠지."

정태산은 술 한 잔을 비운 후 착잡하던 표정을 지웠다.

이제 유대만 작가에 대한 미련은 접기로 했다.

그에 대한 미련을 오래도록 잡고 있기에는 해결해야 할 일들이 너무 많았다.

"그래서 김 작가가 캐릭터까지 새로 만들기로 했다고?"

"네."

"그림에까지 조예가 있는 줄은 몰랐구먼. 한데 이틀 만에 캐릭터 작업과 시나리오 수정까지 가능하겠나?"

그 말에 김두찬이 연습장 하나를 꺼냈다.

그러자 정태산과 김태영의 시선이 연습장에 집중됐다.

"샘플을 그려봤는데 한번 보시겠어요?"

김두찬은 김태영과 전화를 끊고서 회사로 향하는 동안 연습장에다 캐릭터들을 그려 나갔다.

그림 랭크와 손재주 랭크가 A인 데다가 상상력 랭크는 S였다.

캐릭터를 만들어낸다는 것은 그림 실력만 가지고는 불가능하다.

창의적이고 매력적인 캐릭터가 탄생하기 위해 꼭 필요한 것은 바로 상상력이다.

김두찬의 상상력이 그림과 접목되니 굉장한 시너지를 발휘했다.

게다가 그는 상상 공유로 이미 다람쥐의 정신세계를 경험한 상황이다.

다로미의 상상 속에서는 다람쥐뿐만 아니라 녀석이 보아왔던 다른 동물들에 대한 이미지도 명확하게 각인되어 있었다.

이미지가 잡히는 것과 잡히지 않는 것은 상상의 나래를 펼치는 데 어마어마한 차이가 있다.

김두찬은 이 이미지들을 토대로 다람쥐 외에도 주인공으로 대체할 만한 동물 캐릭터를 무려 스물이나 그려냈다.

김두찬이 내민 연습장을 정태산과 김태영이 하나하나 살펴봤다.

"음."

"하."

모든 캐릭터들을 다 보고 난 뒤 정태산은 미소와 함께 고개를 끄덕였고, 김태영은 말문이 막힌다는 제스처를 취했다.

"어떤가요?"

김두찬의 물음에 정태산이 박수를 쳤다.

짝짝짝짝!

"훌륭해, 김 작가! 여기 그려온 캐릭터 전부 매력적이야. 어느 하나 버릴 게 없구먼! 안 그런가, 김 대표?"

"김 작가님은 여러 가지 재주가 있어요. 근데 그중에서 가장 큰 건 사람 놀라게 하는 재주인 것 같습니다."

"극찬이구먼."

"차에서 이동하는 짧은 시간 동안 어떻게 이런 캐릭터들을 만들어낼 수가 있는 건지… 범인의 영역으로는 이해할 수가 없습니다. 특히 저는."

김태영이 연습장을 휙휙 넘기다가 당근의 몸통에 토끼의

얼굴을 달고 있는 캐릭터를 가리켰다.

"이 당끼라는 캐릭터가 정말 마음에 듭니다. 개성도 확실하고 친근한 데다 매력적이에요. 이 익살스러운 듯한 표정도 최고예요."

"그 의견에는 나도 동의하네. 그 녀석이 가장 튀더구먼."

"그런가요? 그럼 시나리오에서 다로미를 삭제하고 당끼를 주인공으로 넣어서 전체적인 수정을 해볼게요."

"깔끔하게만 해주신다면 정말 제가 이 은혜는 평생 잊지 않겠습니다."

"하하. 부담되네요. 그냥 계약 조건만 잘 잡아주세요."

"가장 중요한 게 그거죠."

김태영이 계약서 2부를 꺼냈다.

"우리 회사에서 작가 계약 할 때 사용하는 기본 계약서에서 정 사장님께서 말씀하신 인세 1억에 관련된 부분 적어 넣었습니다. 나머지는 읽어보시고 조율하고 싶으신 부분 있으시면 말씀해 주세요."

말을 한 김태영이 다른 계약서 2부를 더 꺼냈다.

"이건 캐릭터 사업화에 관한 계약선데요. 이것 역시 우리 회사 기본 계약서고, 전화상으로 작가님이 요청하셨던 부분 수기로 작성해 넣었습니다. 확인해 보세요."

김두찬이 계약서들을 빠르게 확인한 뒤, 지력의 능력을 사용해 내용을 검토했다.

그가 말했던 부분과 약속받았던 부분들이 확실히 기록되어 있었고, 불합리한 부분들은 딱히 없었다.

오히려 김태영은 말하지 않은 부분들까지도 손수 수정해서 김두찬에게 최대한 좋은 조건을 제시했다.

특히 작품을 만약 해외로 수출하게 될 때, 수익 구조 부분이 50 대 50이 아니라 70 대 30이었다.

보통은 전자대로 계약을 하는 게 일반적인데 김태영은 김두찬에게 70을 분배했다.

그것이 그가 전하는 고마움의 표시였다.

"바로 도장 찍어도 될 것 같아요."

"네, 그러시죠."

여기저기 계약할 일이 많아지면서 김두찬은 항상 도장을 준비해 다녔다.

김두찬은 4부의 계약서에 개인 정보들을 기재한 뒤, 전부 도장을 찍었다.

계약이 정식으로 완료됐다.

"자, 그럼 복잡한 절차들도 끝났겠다. 이제 즐겁게 한잔하는 일만 남았군. 다들 한 잔씩 들게."

계약서를 나눠 가진 김두찬과 김태영이 술잔을 들었다.

"새 프로젝트의 이름은 뭐라고 할까?"

"김 작가님의 캐릭터 이름에서 따죠. 당끼 프로젝트!"

"좋아. 건배 제의하겠네. 당끼 프로젝트의 대성공을 위하여! 작가들이 인정받는 시대를 위하여!"

"위하여!"

짠!

술잔이 부딪히며 맑은 소리를 냈다.

김두찬이 기분 좋게 한 잔을 비우고서 정태산에게 술을 따려주려는 찰나.

지이이이잉—

선우동에게서 전화가 왔다.

"선우 이사님. 안녕하세요. 저, 죄송한데 제가 지금 소속사 사장님과 회식 중이라서 나중에 다시 전화드릴게요."

—아, 알겠습니다! 실례했습니다! 그럼 이 말만 하고 끊겠습니다. 축하드립니다, 작가님. 몽중인을 또다시 2,000부 증쇄했습니다!

"…네?"

선우동은 크게 웃으며 전화를 끊었다.

김두찬이 멍하니 스마트폰을 내려놓으니 정태산이 궁금해서 물었다.

"아띠 출판사 관계자인가?"

"네."

"뭐라 그러는데 그러나?"

"몽중인을… 2,000부 추가 증쇄했답니다."

생각지도 못했던 희소식에 정태산의 얼굴이 확 밝아졌다.

"몽중인이 또?"

"네."

김두찬도 그제야 미소를 머금었다.

"이거 오늘 이 자리가 축배를 드는 자리였구먼! 축하하네, 김 작가! 하하하하하!"

"작가님, 진심으로 축하드립니다."

"감사드립니다."

이후로 즐거운 술자리가 이어졌다.

한참 시끄럽게 떠드는데 정신이 팔린 와중 김두찬의 스마트폰으로 문자가 하나 왔다.

김두찬은 대화에 정신이 팔려 그런 줄도 몰랐다.

*   *   *

예지우가 방금 김두찬에게 보낸 문자를 다시 읽어봤다.

—두찬 후배님. 저 연기과 2학년 예지우라고 하는데 기억나요? 갑작스럽게 미안. 물어볼 게 있어서 우리 과 후배들한테 두찬 후배 번호 받아서 연락했어요. 보면 답장 부탁할게요.

예지우는 김두찬에게 연락이 오길 기다리며 스마트폰을 손에서 놓지 못했다.

그녀가 이렇게 적극적으로 나서는 건 단순히 예몽진이 다시 열정을 되찾았기 때문은 아니었다.

몽중인이 영화화되는 걸, 그녀는 진심으로 보고 싶었다.

태평예술대학 자타 공인 퀸카이자 누구도 꺾지 못했던 꽃, 예지우는 자기도 모르는 새 이미 김두찬이라는 작가의 팬이 되어 있었다.

Liking 50
말했잖아요, 잘해준다고

정태산, 김태영과 함께한 술자리는 자정이 넘어서도 계속됐다.

그들은 앞으로의 일에 대해 이런저런 얘기를 나누며 의기투합했다.

셋 중 멀쩡한 건 김두찬뿐이었다.

나머지 두 사람은 필름이 끊길 정도는 아니었지만 기분 좋게 취해 있었다.

한참 신나게 떠들던 정태산이 손목시계를 보더니 뜨거운 숨을 한 번 내쉬었다.

"푸우, 이제 그만 들어가야겠구먼. 더 마시면 내가 술을 먹

는 게 아니라 술이 나를 먹는 것이 될 테니, 오늘은 여기까지
만 하지."

정태산은 절제를 아는 사람이었다.

그는 심하게 무리하지 않는 선에서 자리를 파했다.

정태산이 테이블에 있는 벨을 눌러 종업원을 불렀다. 그러
고는 세 사람이 먹을 수 있게 해장 라면을 끓여달라고 부탁했
다.

사실 그들이 온 고급 한정식 집 메뉴에 라면은 없었다. 하
지만 단골들이 원하면 무료로 서비스를 해주었다.

정태산은 라면을 기다리는 동안 스마트폰을 만지작거리다
가 무언가 결심한 듯 어딘가로 전화를 걸었다.

"여보세요. 그래, 애비다. 어디냐. 사무실? 일 있는 거냐?
아, 끝났다고? 잘됐네. 나 여기 혜인정이다. 와서 운전 좀 해다
오. 그래. 오냐."

전화를 끊은 정태산을 보며 김태영이 다 알겠다는 듯한 시
선을 던졌다.

"따님 부르셨습니까?"

"하하. 핑계 김에 불렀지."

정태산이 머쓱한지 뺨을 긁적이고서는 안주머니에서 반지
케이스를 꺼냈다.

정미연이 정태산의 아내, 서인경에게 전해주라고 했던 그 반
지 케이스였다.

"그러고 보니 내일이 사모님 생신이시네요?"

"에휴. 왕년의 나였으면 꼬리를 잘라 버리는 한이 있어도 이렇게 말지는 않았어. 그놈의 자식이라는 게 뭔지. 딸년 앞에서는 한없이 약해진다고."

"그런 모습이 보기 좋습니다."

"하하! 그런가?"

두 사람이 담화를 주고받을 때 김두찬은 혼자만의 생각에 빠져 있었다.

'미연 씨가 온다고?'

정미연이랑은 내일 촬영장에서 만나게 되니, 고백에 대한 답을 그때 줄 생각이었다.

한데 생각지도 못한 장소에서 그녀와 만날 상황이 됐다.

하지만 난감하다기보다는 설레왔다.

그녀를 볼 수 있다는 생각에 살짝 들뜨는 기분이었다.

'미연 씨도 내가 여기 있는 걸 알까? 만나면 어떤 표정을 지을까. 무슨 말부터 해야 하지?'

이런저런 생각들이 머릿속에서 난잡하게 돌아다녔다.

"김 작가, 무슨 좋은 일 있나?"

정태산이 김두찬의 얼굴을 유심히 바라보다가 물었다.

"네?"

"아니, 갑자기 말없이 혼자서만 웃고 있으니 무슨 영문인가 싶어서 말이야."

"아닙니다, 아무것도."

"사람, 싱겁긴."

대충 얼버무린 김두찬이 빈 컵에 물을 따라 마셨다.

정태산과 김태영은 다시 이런저런 이야기를 나누기 시작했다.

한데 갑자기 밖이 소란스러워지는가 싶더니 상스러운 욕설이 들려왔다.

"에이, 씨발!"

이어 무언가가 깨지는 소리와 여자의 비명 소리가 터져 나왔다.

챙그랑!

"꺅!"

"이게 무슨 소란이야?"

기분 좋게 술자리를 마무리하려던 정태산의 미간에 세로 주름이 생겼다.

"제가 나가서 상황 좀 보고 오겠습니다."

김태영이 일어나서 방을 나서려 할 때였다.

"내가 지금 옛날 같지 않다고 얕잡아 보는 겁니까, 유 마담!"

혀가 잔뜩 꼬부라진 남자의 음성이 홀에 쩌렁쩌렁 울렸다.

그러자 단호한 여인의 목소리가 이어졌다.

"그런 건 상관없습니다. 쫓겨날 짓을 하셨으니 나가라고 한 겁니다. 그간의 정을 생각해서 경찰에 신고 안 한 것만으로도 다행이라고 생각하시고, 빨리 나가세요."

음색 자체는 부드럽고 청아한데 말투가 냉랭하기 그지없었다.

그때 김태영이 문을 빼꼼 열고 밖을 살폈다.

홀에서는 검은 정장을 입은 키 큰 사내와 개량 한복을 입고 머리를 단아하게 땋아 올린 여인이 대치한 채 서 있었다.

그녀가 바로 이 혜인정의 여사장 유혜인이었다.

유혜인의 뒤에는 잔뜩 겁을 먹은 스물 중반가량의 여종업원이 벌벌 떨고 있었다.

'어찌 돌아가는 꼴인지 알겠네.'

김태영은 바로 상황을 짐작할 수 있었다.

술에 완전히 취한 정장 사내는 유혜인에게 위협적으로 다가섰다.

그러나 풀려 버린 눈동자에 담긴 유혜인의 모습은 조금도 위축되지 않았다.

남자는 그게 더 기분이 나빴다.

"이봐, 유 마담."

"유 사장입니다. 술집 여주인 부르는 말투로 대하지 말아주셨으면 하네요."

"씨발, 술 파는데 술집 여주인이지 그럼."

"말이 통하지 않을 것 같네요. 더 험한 꼴 당하시기 전에 나가주시죠."

"내가 왜 나가야 하는데? 내 돈 내고 내가 먹겠다는데, 왜!"

"돈 받지 않을 테니까 나가주세요. 그리고 앞으로도 걸음 하지 않으셨으면 하네요."

"유 마담, 미쳤어? 그게 손님한테 할 소리야?"

"가게 벽에도 적혀 있는 거 보셨겠지만, 저는 종업원이 손님에게 잘못을 할 경우 엄히 꾸짖고 심한 경우에는 자릅니다. 하지만 손님 역시 종업원에게 잘못을 하고 함부로 대할 경우, 손님을 내보냅니다. 이 식당 안에서는 손님과 종업원의 입장에서 만나는 것이지만 밖에 나가면 똑같은 인격체이니까요. 그런데 최 대표님께서는 우리 종업원에게 어찌하셨죠?"

말을 하던 유혜인이 뒤에 서 있던 종업원에게 낮게 말했다.

"그만 퇴근해. 내일은 나오지 말고 쉬어. 월급은 그대로 들어가도록 해줄 테니까."

종업원은 거의 울 것 같은 얼굴로 고개를 꾸벅 숙이고서 자리를 떠났다.

그에 유혜인이 전보다 힘이 들어간 음성으로 남자를 꾸짖었다.

"우리 종업원 몸 만지셨죠. 정확히는 엉덩이랑 허벅지요."

"참나, 증거 있어?"

"그걸 목격한 제 두 눈이 증거죠. 저와 눈도 마주치셨잖아요? 이럴 때는 증거 운운하는 게 아니라 잘못했다고 사과부터 하는 거예요."

"지금 나 가르쳐? 씨발. 손님 상대로 이상한 오명 씌워서 야지 주는 거 이거, 내가 절대 그냥 안 넘어가. 얘들아! 나와!"

남자의 말에 그가 있던 방에서 떡대 다섯 명이 우르르 튀어나왔다.

하나같이 험악한 인상에다 힘깨나 쓸 것 같은 장정이었다.

"오늘 술값 대신 깽값이나 한번 물어보자."

그때였다.

"최순관!"

호랑이가 포효하는 것 같은 엄청난 음성에 모든 이의 시선이 한곳으로 집중됐다.

김두찬 일행이 머물고 있던 방이었다.

활짝 열린 방문 너머로 야차 같은 얼굴을 하고 선 정태산이 보였다.

그의 양옆으로는 김두찬과 김태영이 서 있었다.

최순관이라 불린 남자가 정태산을 보고서 해죽 웃었다.

"아이고. 이게 누구셔? 우리 정 사장님 아니십니까? 하하, 오래간만입니다. 이런 모습 보여서 민망하네요."

"민망? 민망한 걸 아는 사람이 이 난리를 피워? 더 꼴사나운 모습 보이지 말고 조용히 나가."

"정 사장님까지 왜 이러십니까, 예? 제가 요새 좀 빌빌댄다고 유 마담이랑 싸잡아서 저 무시하시는 겁니까? 우리 파이팅 엔터! 다시 일어섭니다. 이름 그대로 파이팅하고 있습니다. 그 때 제가 좋은 술자리서 대접할 테니……."

"어디서 주먹 밥 먹던 시절 양아치 근성 보이면서 함부로 혀를 놀려!"

"…하, 오늘 좆같네."

"뭐라?"

"정 사장님. 저 여기 단골이었어요. 파이팅 엔터 한참 주가 오르고 소속 연예인들 잘나갈 때 여기 매상 많이 올려줬어요. 그런데 제가 요새 좀 삐끗했기로서니 이런 꼴 당해야 합니까? 네?"

최순관이 억울하다는 듯 호소했다.

그는 파이팅 엔터테인먼트의 사장이다.

본래는 주먹패 몇을 데리고 힘을 키우다 연예인 보디가드 회사를 차렸다.

한데 운이 잘 따라, 몇몇 친하게 지내던 연예인들을 끌고 들어와 연예 기획사를 차렸다.

사람이 운 때가 잘 맞으면 뭘 해도 다 된다고 파이팅 엔터테인먼트는 소속 연예인들이 대박 터지며 쭉쭉 성장해 나갔다.

그런데 몇 년 전부터 연예인들의 급속한 이탈로 지금은 빛 좋은 개살구가 된 지 오래다.

원인은 전부 최순관에게 있었다.

그는 처음 연예인들과 계약할 때는 간, 쓸개라도 빼줄 것처럼 굴었다.

그리고 사장이라기보다 형, 오빠 같은 존재로 다가갔다.

한데 막상 계약을 맺고 시간이 흐르면 본색을 드러낸다.

연예인을 돈줄로만 봤다.

인간적인 대우를 해주지도 않았고, 내가 너희들을 띄워줬으니 나한테 복종하라는 식이었다.

그에 연예인이 계약을 포기하고 싶다는 의사를 내비치면 협박을 일삼았다.

그에게는 지금처럼 항상 데리고 다니는 조폭 출신 동생들이 있었기에 가능한 일이었다.

때문에 구설수에도 많이 올랐었다.

소속 연예인을 때렸다는 둥, 성폭행했다는 둥, 별의별 더러운 소문들이 다 돌아다녔다.

그러나 아는 빽이 있었기에 소문들을 잘 무마시켰고, 법적인 집행 역시 받지 않았다.

하지만 딱 거기까지였다.

연예인들은 최순관이 갖은 루머로 주춤거리는 사이 다른 소속사와 연락을 했다.

소속사들은 잘나가는 연예인이 도움을 청하니 얼씨구나 하고 달려와 힘을 써서 빼내주었다.

위약금 역시 새로운 소속사 측에서 지불해 주는 식이었다.

그렇게 파이팅 엔터에서 플레이 인으로 넘어온 연예인들도 무려 셋이나 됐다.

현재 파이팅 엔터테인먼트는 태풍 앞의 볏짚처럼 위태롭기 그지없는 상황이었다.

이렇게 비싼 한식당에서 회식을 하는 것도 사치였다.

"내 입에서 더한 소리 나오기 전에 나가."

정태산이 눈을 부릅뜨고 마지막으로 경고했다.

하지만 최순관에게는 씨알도 먹히지 않았다.

"정 사장님, 저요. 지금 정 사장님 보면서 많이 참고 있는 겁니다. 솔직히 우리가 웃으면서 얘기할 사이는 아니잖아요? 파이팅 엔터 애들 셋이나 훔쳐갔는데. 배때기에 씨발, 칼을 꽂았으면 꽂았지. 안 그래요?"

"망할 놈의 양아치 건달 새끼가 이 바닥 기어들어 와서 돈맛 좀 보더니 눈에 보이는 게 없는 모양이구먼!"

"뭐? 양아치 건달 새끼? 노인네가 명줄 단축하고 싶어서 발악을 하네. 죽여달라고."

최순관의 말에 뒤에 서 있던 다섯 건달이 앞으로 슬슬 걸어 나왔다.

"지금 제 식당에서 뭐 하려는 거죠? 당장 나가요!"

유혜인이 그런 건달들의 앞을 막아섰다.

하지만 건달 한 명이 그녀를 거칠게 밀쳤다.

"윽!"

유혜인이 바닥에 널브러졌다가 다시 벌떡 일어나 그들에게 다가가려 했다.

그걸 다른 종업원들이 달려와 말렸다.

"참으세요, 사장님! 경찰에 신고했으니까 곧 상황 정리하러 올 거예요."

"그때까지 어떻게 참고 있어요? 내 식당에서 이런 소란 피우는 거 난 용납 못 해요. 그리고 내 소중한 손님들께 행패 부리는 건 더더욱 용납할 수 없어요."

"그래도 지금 나섰다간 사장님만 다쳐요. 참으셔야 해요."

결국 유혜인은 종업원들의 만류에 잠시 상황을 지켜보기로 했다.

설마하니 아무리 최순관이 맛이 갔더라도 이렇게 보는 눈이 많은 데서 큰일을 일으키겠냐 싶었다.

하지만 최순관은 그녀가 생각하는 것보다 더 막돼먹은 인간이었다.

그나마 돈을 벌고 방송 쪽 사람들 만나고 다닐 때는 어떻게든 예전 버릇을 감춰왔는데 지금 그의 눈에는 보이는 게 없었다.

뒷골목을 전전할 때의 습관이 그대로 튀어나왔다.

정태산은 자신에게 다가오는 건달들을 보면서도 물러서거나 피하지 않았다.

오히려 더 당당하게 서서 그들을 꾸짖었다.

"이게 무슨 돼먹지 못한 짓거리들이야! 썩 물러가지 못 해!"

그러나 건달들은 어디서 개가 짖냐는 듯 그의 말을 무시하고서 지척까지 다가섰다.

보통 이 정도까지 하면 상대방이 먼저 꼬리를 내리게 마련이다.

그런데 상대는 정태산이었다.

이런 식의 압박에 눈 하나 깜짝할 위인이 아니었다.

건달 중 한 명이 뒤를 돌아 최순관의 눈치를 살폈다. 최순관이 고개를 끄덕였다.

조금 만져주라는 얘기다.

평소였다면 절대로 하지 않았을, 해서는 안 되는 행동이었다.

그런데 지금 최순관은 제정신이 아니었다.

다섯 건달 중 가장 주먹이 센, 흑곰이라는 녀석이 한 걸음 더 앞으로 나섰다.

그때, 기가 막히게도 혜인정의 정문이 열리며 정미연이 홀 안으로 들어섰다.

정미연은 정태산을 찾으려고 홀 내부를 살피다가 소란스러움이 이는 곳을 발견하고 상황을 살폈다.

한데.

'아빠?'

정태산이 건달 같은 인간들과 마주 보고 서 있는 게 예감이 좋지 않았다.

주변을 감도는 기류도 무거웠다.

순간 흑곰의 손이 정태산의 멱을 휘어잡으려고 뻗어나갔다.

이를 본 정미연의 눈에서 불똥이 튀었다.

그녀가 건달들에게 달려가려는 찰나!

턱.

정태산의 옆에 서 있던 누군가가 흑곰의 손목을 낚아챘다.

김두찬이었다.

방금 전까지는 경황이 없어서 그의 모습이 눈에 들어오지 않았다.

그런데 지금은 확실히 보였다.

김두찬은 정태산의 멱을 쥐려던 흑곰의 손목을 잡고서 이를 악물었다.

두 눈은 무섭게 부릅떴다.

정미연은 그런 김두찬의 모습을 처음 봤다.

늘 쑥스러워하고 수줍어하고 착한 미소만 머금는 사람이었는데, 저런 표정도 지을 수 있을 줄은 꿈에도 몰랐다.

"놔라."

흑곰이 김두찬에게 위협조로 말했다.

김두찬은 대답 대신 손에 힘을 더 꽉 쥐었다.

순간 흑곰은 손목이 부러질 것 같은 고통에 비명을 질렀다.

"으아아악!"

그 광경에 최순관은 물론이고 다른 건달들이 놀라 김두찬을 쳐다봤다.

지금까지 흑곰이 누군가에게 힘으로 짓눌리는 경우는 한 번도 본 적이 없었기 때문이다.

'무슨 저런 기생오라비같이 생긴 자식이?'

놀란 최순관은 기가 턱 막혔다.

김두찬이 건달을 노려보며 경고했다.

"당장 사장님께 잘못했다고 사과하세요."

그릇된 상황을 보고도 참아 넘기는 김두찬은 더 이상 없었다.

*   *   *

흑곰이 정태산의 멱을 틀어쥐려는 순간, 김두찬의 손이 반사적으로 튀어나갔다.

고양이 몸놀림의 능력 덕분이었다.

턱.

한데 문제는 그다음이었다.

흑곰의 팔을 쥐자마자 그의 힘이 보통이 아니라는 걸 느꼈다.

김두찬은 현재 체력을 S랭크까지 찍으면서 육신의 모든 능력이 보통 사람 이상으로 발달한 상태였다.

그럼에도 불구하고 흑곰의 힘을 이기기란 쉽지 않을 것 같았다.

그때, 김두찬의 머릿속에 번개처럼 떠오른 능력이 하나 있었다.

'악력!'

악력은 진주 찾기 방송 팀의 황성주 카메라 감독에게서 얻은 능력이었다.

김두찬이 악력에다 간접 포인트 1,500을 투자했다.

[악력의 랭크가 E로 업그레이드됐습니다. 랭크 업 특전이 주어집니다. 악력이 F랭크보다 15% 증가합니다.]

[악력의 랭크가 D로 업그레이드됐습니다. 랭크 업 특전이 주어집니다. 악력이 E랭크보다 20% 증가합니다.]

[악력의 랭크가 C로 업그레이드됐습니다. 랭크 업 특전이 주어집니다. 악력이 D랭크보다 25% 증가합니다.]

[악력의 랭크가 B로 업그레이드됐습니다. 랭크 업 특전이 주어집니다. 악력이 C랭크보다 30% 증가합니다.]

시스템 메시지가 뜨자마자 김두찬이 손에 힘을 줬다.

만약 이걸로 흑곰을 제압할 수 없다면 랭크를 A까지 올릴 생각이었다.

한데.

"으아아악!"

흑곰이 비명을 지르며 자지러졌다.

'됐어.'

김두찬의 악력이 통했다.

"끄아아! 이, 개새끼……!"

흑곰이 독기 가득한 눈으로 김두찬을 노려봤다.

그러고서는 이내 주먹을 날리려 했다.

하지만 그의 행동은 끝까지 이어지지 못했다.

김두찬이 흑곰의 팔목을 잡은 손에 더 힘을 주었다.

우두둑!

"아악!"

팔목이 부러지는 듯한 고통에 흑곰은 주먹을 날리려다 만 자세 그대로 주저앉았다.

이를 보는 정태산의 눈꼬리가 확 치켜 올라갔다.

"최순관이, 이놈! 술에 잡아먹혀서 사리 분간 못 하고 날뛰는구나! 네가 나한테 전화해서 힘 좀 실어달라고 우는 소리 했던 게 고작 며칠 전이다! 그런데 이 지랄을 떨어? 얼마나 처마셨으면 이성을 잃고 이런 짓거리를 벌이는 거야! 내가 네놈을 잘 알지! 술이 깨고 나면 제발 어제 일은 잊어달라고 싹싹 비는 모습이 눈앞에 선하다!"

그 말에 김두찬의 머리가 빠르게 돌았다.

'술?'

최순관은 본성이 막되어먹은 인간이다.

하지만 자기보다 힘이 있는 사람 앞에서 이런 식의 행동은 하지 않았다.

지금 그는 술에 완전히 지배당해 이성을 잃어버렸다.

'어쩌면 쉽게 해결할 수 있을지도.'

그때쯤, 이미 식당의 모든 사람들이 문을 열고서 홀을 바라보는 중이었다.

정미연은 김두찬의 활약으로 잠시 멈췄던 걸음을 다시 움직였다.

거의 동시에 김두찬은 흑곰의 팔목을 놓아주었다.

"으윽!"

흑곰이 팔을 움켜쥐고 신음을 흘렸다.

하지만 그것도 잠시, 멀쩡한 손으로 당장 김두찬의 멱을 잡아 메치려 했다.

그러나 초월 시각과 고양이 몸놀림을 가진 김두찬에게 그런 건 통하지 않았다.

김두찬은 흑곰의 손을 가볍게 피하고서 건달 무리 안으로 들어섰다.

"조져!"

흑곰이 소리치자 건달들이 일제히 김두찬을 잡으려 했다.

순간 김두찬의 눈빛이 차갑게 가라앉았다.

그의 동체 시력이 네 사람의 움직임을 빠르게 읽어냈다. 그러자 어떻게 움직여야 하는지 바로 판단이 섰다.

김두찬은 자신을 향해 날아드는 여덟 개의 손을 피해 스태프를 밟아나갔다.

네 명의 건달은 재빠른 김두찬의 반응 속도를 따라잡지 못했다.

그들의 손이 허공에서 허우적거렸다.

그러는 사이 김두찬은 그들을 지나쳐 이미 최순관의 코앞에 도착해 있었다.

"뭐야, 이 미친⋯⋯!"

최순관이 욕설을 내뱉으려 할 때, 김두찬이 그의 어깨를 잡고 숙취 해소 능력을 사용했다.

그러자 맑은 기운이 최순관의 어깨를 통해 흘러들어 가 온몸으로 퍼졌다.

그것은 곧 몸속에 퍼져 있던 알코올들을 깨끗하게 없애주었다.

술기운이 전부 날아가자 광인처럼 번들거리던 최순관의 눈동자에 이성이 깃들었다.

정신을 차린 그는 개처럼 머리를 파르르 털고서 주변을 둘러봤다.

식당 안의 모든 사람들이 자신을 주시하고 있었다.

동생들은 당장에라도 사고를 일으킬 것처럼 기세가 날카로웠다.

하지만 그 무엇보다도 최순관의 정신을 번쩍 들게 하는 건 따로 있었다.

그를 무섭게 노려보고 있는 정태산이었다.

'이런 씨발……'

한순간에 술에서 깬 최순관의 심장이 덜컹 내려앉았다.

조금 전까지 자신이 저질렀던 모든 일들이 꿈처럼 느껴졌다.

하지만 그것은 꿈이 아닌 현실이었다.

'좆됐다.'

만취해서 갖은 주사를 다 부린 다음 날, 모든 것이 또렷이 기억났을 때의 처참함이 최순관을 가득 채웠다.

그런 최순관의 표정 변화를 지켜보던 김두찬은 확신했다.

가뜩이나 마음이 안 좋은 상황에서 만취하는 바람에 천지 분간 못 하고 날뛰었던 거다. 쓰레기 같은 인간이지만 맨정신 일 땐 스스로를 사지로 몰아넣는 짓은 하지 않을 사람이다.

최순관의 귀에 대고 김두찬이 조용히 말을 흘렸다.

"정신이 듭니까?"

"……"

최순관은 아무런 대답도 못 했다.

그는 지금 이 상황을 어떻게 수습해야 하는지에 대해서만 정신이 팔려 있었다.

그에 김두찬이 몇 마디를 더 던졌다.

"지금 그쪽이 무슨 일을 벌였는지는 파악이 될 거예요. 간단하게 얘기할게요. 끝까지 갈래요? 아니면 여기까지만 하고 나갈래요?"

김두찬의 얘기를 듣던 최순관의 눈동자가 심하게 흔들렸다.

술에 잔뜩 절어 있었지만 지금은 자기가 무슨 짓을 했는지는 충분히 인지하고 있는 상황이었다.

여종업원을 성추행했고, 유혜인 사장을 밀어 넘어뜨렸다.

거기다 동생들을 내보내 정태산에게 위해를 가하려 했다.

그의 시선이 홀 천장에 달린 CCTV로 향했다.

거기엔 모든 상황이 적나라하게 담겼을 것이다.

그리고 이 난리통을 지켜본 수많은 눈들이 있었다.

증인도, 증거도 완벽하게 만들어졌다.

게다가 이 소란을 벌였으니 누구라도 신고를 했을 게 분명했다.

경찰이 오면 피 보는 건 무조건 자신이다.

믿을 만한 백이 있긴 했지만 파이팅 엔터테인먼트가 휘청거리고 나서부터는 연락이 뜸해졌다.

이번에 사고를 쳐서 경찰과 엮이면 무사히 빠져나오라는 보장은 없었다.

이미 유혜인이든 정태산이든 고소를 하면 쉽게 끝나지 않는 상황이 됐다.

하지만 여기서 더 저지르지 않으면 어떻게든 수습을 할 수 있을지도 몰랐다.

생각을 끝낸 그가 정태산에게 고개를 숙였다.

"저, 정 사장님! 죄송합니다! 제가 술김에 큰 실수를 했습니다!"

한순간 돌변한 최순관의 행동에 모든 사람들의 눈이 휘둥그레졌다.

최순관은 고개를 들어 이번에는 유혜인에게 머리를 조아렸다.

"유 사장님! 제가 잘못했습니다! 두 번 다시 이런 일 없을 겁니다! 아니, 말씀하신 대로 사장님 식당에 얼씬 않겠습니다! 부디 넓은 아량으로 용서해 주셨으면 합니다!"

방금 전까지만 해도 정신이 완전히 나가 있던 인간이었다.

무슨 말을 한들 들리지 않을 게 분명한 상태였다.

그런데 그런 인간이 김두찬의 귓속말을 듣고서 태도가 완전히 달라졌다.

정태산과 유혜인을 비롯, 모든 사람들의 시선이 김두찬에게 향했다.

'대체 무슨 말을 했기에……?'

정태산의 눈에 담긴 김두찬의 모습에서 후광이 일었다.

미쳐 날뛰던 통제 불가의 인간을 어떻게 하면 몇 마디 말로 다스릴 수 있는 건지 궁금했다.

비단 정태산만이 아니었다.

이 기묘한 광경을 지켜보는 모든 사람들이 똑같은 걸 궁금해했다.

이 상황이 가장 의아한 건 흑곰을 비롯한 건달 무리였다.

흑곰이 저린 팔목을 주무르며 최순관에게 다가왔다.

"형님, 괜찮으십니까?"

그가 묻자마자 최순관이 도끼눈을 하고 그를 노려봤다.

흑곰의 뇌리에 아찔한 기운이 꽂히는 순간이었다.

짜악!

살이 찢어지는 소리와 함께 흑곰의 고개가 옆으로 돌아갔다.

흑곰은 황당하기도 하고 놀라기도 했다.

하지만 아무 말 못 하고 고개를 숙였다.

"야 이 미친 새끼야. 감히 어느 안전이라고 네까짓 게 설쳐?"

"…죄송합니다."

"정 사장님께 제대로 사과드려!"

"……."

흑곰은 속에서 열불이 터졌지만 시키는 대로 했다.

그가 정태산에게 허리를 구십 도로 숙였다.

"죽을죄를 지었습니다."

정태산은 말없이 그들을 지켜봤다.

그 호랑이 같은 얼굴에 최순관은 마른침이 넘어갔다.

여기서 정태산이 자신을 죽일 심산으로 눌러 버리면 파이팅 엔터테인먼트는 재기는커녕 그냥 산산조각 나고 만다.

우선은 얼른 상황을 마무리 짓고 떠나는 게 상책이었다.

"빠른 시일 내에 제가 개인적으로 연락드리고 찾아뵙겠습니다, 정 사장님. 가자."

최순관이 빠르게 식당을 벗어났고, 그 뒤를 건달들이 따라 움직였다.

깽판을 놓던 무리가 사라지고 나니 모든 사람들의 시선이 김두찬에게 집중됐다.

"젊은 사람이 참 멋있네요."

"외모가 범상치 않은 게 연예인 준비하시는 분 같은데 앞으로 텔레비전에서 보게 되면 오늘 있었던 일 많이 퍼뜨려 드릴게요."

"아… 나 그쪽 알아요. 텔레비전에서도 봤고, 출간한 책도 읽었어요. 몽중인 쓴 김두찬 작가님 맞죠?"

누군가 김두찬을 알아보고 신이 나서 말했다.

그에 몇몇 사람들도 김두찬을 알은체했다.

순식간에 넓은 식당 안에 있던 모든 손님들의 주제가 김두찬으로 귀결됐다.

그와 동시에 김두찬의 눈앞에 호감도를 얻었다는 시스템 메시지가 주르륵 나타났다.

"아무튼 오늘 정말 멋졌어요. 나 젊었을 때를 보는 것 같았다고. 하하하."

누군가 너스레를 떨며 박수를 쳐주었다.

그러자 여기저기서 박수가 터져 나왔다.

예상치 못했던 반응에 김두찬이 쑥스러운 미소를 머금었다.

그 광경을 조금 떨어진 곳에서 지켜보고 있던 정미연의 얼굴에도 미소가 어렸다.

정태산이 김두찬에게 다가와 그의 어깨에 손을 턱 올렸다.

"김 작가. 이거 큰일났구먼."

"네?"

"내가 자네한테 너무 깊이 빠져 버리는 게 아닌가 싶어. 오늘 자네 정말 멋있었네. 그리고 고맙네. 나 말이야, 의리를 아는 사람이야. 오늘 일, 절대 잊지 않겠네."

"당연한 일을 한 것뿐이에요. 아마 제가 곤혹스러운 상황에 처했다면 사장님께서도 똑같이 나서주셨을 거라 생각합니다."

"당연하지! 감히 누가 내 소중한 작가한테 손을 대? 절대로 그냥 두지는 못하지. 유 사장도 고생했어요."

정태산이 유 사장의 어깨도 툭툭 두들겨 주었다.

"제 선에서 잘 마무리했어야 하는데 소란을 일으켜 죄송할 따름이에요."

"미친놈이 죽자고 달려드는데 누가 말릴 수 있겠습니까."

"우리 작가님께서는 쉽게 말리시던데요?"

유혜인이 방긋 웃으며 김두찬을 바라봤다. 그녀의 눈 속에 애정이 가득했다. 호감도는 초면인데도 불구하고 68까지 올라 있었다.

답이 안 나오던 상황을 한 방에 정리해 줬으니 그럴 만도 했다.

"한데 정말 궁금하단 말이야. 무슨 말을 했기에 그 미치광이가 순순히 태도를 바꾼 건가?"

"그냥 술이 번쩍 깰 만한 얘기를 해줬어요."

"그러니까 그게 뭐냐는 말이지."

김두찬이 뭐라고 대답하면 좋을까 고민할 때였다.

"중요한가요? 상황 깔끔하게 정리했으면 된 거죠."

김두찬 일행의 귀에 반가운 음성이 들려왔다. 정미연이었다.

"미연 씨."

김두찬이 얼굴에 반가움이 가득 묻어났다.

"두찬 씨 싸움도 잘하는 줄은 몰랐네요."

"네?"

"그 덩치 한 번에 제압하는 힘하며, 건달 넷이 달려드는데 쉽게 빠져나가는 몸놀림도 그렇고. 보통이 아니던걸. 그리고 고마워요. 우리 아빠 험한 꼴 볼 뻔했는데, 막아줘서."

"아, 하하."

김두찬은 대답이 궁해져서 그냥 웃어 넘겼다.

"미연 씨, 오래간만이에요."

유혜인이 정미연에게 인사를 건넸다.

"네. 유 사장님은 변함없이 아름다우시네요. 나이를 거꾸로 드시는 것 같아요."

"호호호. 미연 씨한테 그런 말 들으니까 더 기분 좋네요."

"그런데 아까 그 인간들은 어떻게 할 거예요? 고소해야죠."

"기회를 줬는데도 걷어찼으니 그 대가는 스스로 치러야겠죠?"

유혜인은 이번 일을 절대 그냥 넘어갈 마음이 없었다. 그건 정태산 역시 마찬가지였다.

"고소부터 콩밥 먹이는 것까지 내 법무 팀에게 전담시킬 테니 유 사장은 괜한 데 신경 쓰지 말아요. 나중에 결과만 전해 듣고 사이다 한 컵 쭉 들이켜요."

"기대할게요, 정 사장님."

그것으로 식당 안의 소동은 정리됐다.

유혜인은 오늘 김두찬의 활약이 정말 고마웠다며 그들이 먹은 식비를 받지 않았다.

김두찬 일행은 기분 좋게 식당에서 나와 정태산의 차가 있는 곳으로 향했다.

"김 작가. 오늘 즐거웠네."

"저도 즐거웠습니다."

"조만간 내가 김 작가 부모님 식당에 한번 들르겠네. 부모님께 인사도 드리고 조촐한 선물도 드리고 싶구먼. 실례가 안 된다면 그때는 거기서 한잔하자고. 어떤가?"

"좋습니다. 부모님께서도 좋아하실 거예요. 미리 말씀드릴 게요."

"하하하하! 알겠네. 그럼 다음에 보도록 하지. 김 대표!"

"네, 사장님."

"막판에 좀 시끄러웠지만 즐거운 술자리였어. 조심히 들어가라고."

"들어가세요, 사장님."

정태산이 차의 뒷좌석에 앉았다.

김태영은 김두찬과 정미연에게 인사를 한 뒤, 대리 기사님이 왔다는 전화를 받고 자기 차로 돌아갔다.

정태산은 뒷좌석에 앉자마자 눈을 감고 곯아떨어졌다.

술을 제법 마신 데다 심적으로 에너지를 쏟았던 터였다. 자신의 차에 타니 금방 수마가 몰려왔다.

정미연은 그런 정태산을 보고서 피식 웃더니 운전석 문을 열었다.

김두찬에게 듣고 싶은 얘기가 있었지만 상황이 상황인 만큼 내일로 미루는 게 나을 것 같았다.

그런데.

"미연 씨."

김두찬이 그녀를 불렀다.

정미연이 차에 타려다 말고 김두찬을 바라봤다.

"내가 대답 들을 수 있는 타이밍인가요?"

은근한 기대를 안고서 정미연이 물었다. 그녀의 음성에 섞인 미세한 설렘을 김두찬은 느낄 수 있었다.

"네."

"그래서 대답은?"

"해보고 싶어요, 연애. 미연 씨랑."

원하던 대답을 듣게 된 정미연이 밝게 미소 지었다.

그녀가 스마트폰을 꺼내더니 액정을 빠르게 두들겼다.

그러자 김두찬의 스마트폰이 몸을 떨었다.

지이이이잉—

스마트폰을 꺼낸 김두찬이 메시지함을 열었다.

새로 온 메시지가 두 개였다.

하나는 모르는 번호였고, 다른 하나는 정미연에게서 온 것이었다.

물론 지금 김두찬의 눈에는 정미연에게서 온 메시지만 보였다.

그런데 거기에 적힌 내용이 이상했다.

—구리시, 인경 오피스텔. 809호. 910707.

김두찬이 고개를 갸웃거리며 물었다.

"이게 뭐예요?"

"내가 사는 오피스텔 방 번호랑 비밀번호에요."

"왜 이걸?"

"장 매니저랑 같이 왔죠? 먼저 가서 쉬고 있어요. 아빠 모셔
다 드리고 갈게요. 해장국 끓여줄 테니 먹고 들어가요. 한 동
네 사는 사이니까 부담 없죠?"

"…네?"

김두찬이 얼떨떨해서 되물었다.

그 모습이 귀여웠던 정미연이 픽 웃고서 대답했다.

"말했잖아요, 잘해준다고."

정미연은 거기까지 얘기한 뒤, 정태산의 차를 몰아 떠났다.

주차장에 홀로 남아 멍하니 서 있는 김두찬에게 까만색 밴
이 와서 섰다.

그가 밴에 오르자마자 매니저 장대찬이 말했다.

"집까지 편안히 모시겠습니다, 작가님!"

그러고서는 장대찬이 엑셀을 밟으려는 찰나.

"장 매니저님!"

"네?"

"…구리시에 있는 인경 오피스텔로 가주세요."

김두찬이 목적지를 바꿨다.

Liking 51
900만 감독의 러브콜

삑삑삑삑삑삑— 삐리릭—

넓은 오피스텔의 잠겨 있던 도어록이 열렸다.

항상 정미연만 들락거렸던 문을 열고 낯선 남자가 들어섰다.

김두찬이었다.

"실례합니다."

어두운 오피스텔엔 아무도 없었지만 김두찬은 저도 모르게 혼잣말을 했다.

탁.

스위치를 찾아 불을 켜니 그 넓이에 비해 조금은 휑한 내부가 드러났다.

오피스텔은 복층 구조였다.

1층에는 기본적인 가전제품과 데스크톱이 놓인 책상, 그리고 화장대 정도만 있었다.

벽 한편으로 침대가 붙어 있었기에 이불장 같은 건 따로 보이지 않았다.

옷장 역시 오피스텔 벽 속으로 감추어진 붙박이식이라 따로 필요가 없는 형태였다.

김두찬이 침대에 걸터앉아 2층을 올려다봤다.

잘 보이지는 않았지만 거기엔 온갖 옷가지들이 수북이 쌓여 있었다.

'한번 봐도 될까?'

그가 계단을 밟아 천천히 위로 올라갔다.

2층에 완전히 올라서진 못하고 고개만 빼꼼 내밀어 전체를 살폈다.

자세히 보니 옷을 마구 쌓아놓은 게 아니라 하나하나 제대로 정리해서 겹쳐놓은 형태였다.

그리고 또 한쪽에는 패션과 관련된 잡지책들이 가득했다.

역시 스타일리스트의 집다웠다.

김두찬이 한참 2층을 감상하고 있을 때였다.

삑삑삑삑삑삑— 삐리릭—

갑자기 도어록의 잠금이 해제되며 문이 열렸다.

'으앗!'

괜히 제 발 저린 김두찬은 계단에서 허둥대다가 그대로 굴러떨어질 뻔했다.

하지만 고양이 몸놀림이 순발력을 발휘해 중심을 잡고 제대로 내려섰다.

그가 아무 일도 없는 척 침대에 걸터앉아 정미연을 반겼다.

"미연 씨, 왔어요?"

정미연은 구두를 벗고 들어와 핸드백을 옷걸이에 걸고서 피식 웃었다.

"표정이 이상한데."

"제 표정이요? 왜요?"

"뭐 나쁜 짓 하다가 들킨 어린아이 같네요. 내 속옷이라도 뒤졌어요?"

"아니요!"

김두찬이 기겁하며 소리쳤다.

그 순수한 모습에 정미연이 풋 하고 웃었다.

"농담이에요. 잠깐만 기다려요. 심심하면 텔레비전 보고 있어요. 컴퓨터 켜도 상관없고."

말을 하며 정미연이 편한 옷가지와 속옷을 챙겨 화장실로 향했다.

"샤워하고 나올게요."

"아, 네."

김두찬은 기합이 바짝 들어간 이등병처럼 딱딱하게 대답했다.

정미연이 화장실 문을 닫자 쏴아아아아— 하며 샤워기 소리가 들려왔다.

그제야 김두찬은 자신이 여인의 집에 들어왔다는 것이 실감났다.

머리털이 난 이후 단 한 번도 여자 혼자 사는 집에 가봤던 적이 없는 그였다.

그런데 지금 그는 자취하는 여인의 집에 들어와 앉아 있었다.

그것도 조금 전부터 연애하기로 했던 여인의 집에 말이다.

'이게 꿈이야, 생시야.'

김두찬의 인생을 통틀어서 볼 때 이건 사건 중에서도 대사건이었다.

쏴아아아아—

화장실에서는 정미연이 몸을 씻는 소리가 계속해서 들렸다.

꿀꺽.

김두찬은 저도 모르게 마른침을 삼켰다.

그녀가 실오라기 하나 걸치지 않고서 샤워를 하고 있다는 상상이 들자 모든 게 어색해졌다.

숨 쉬는 것도, 몸을 움직이는 것도 전부 어색해서 어쩔 줄 모를 지경이었다.

안절부절못하는 사이 시간이 빠르게 흘렀다.

화장실에서 샤워를 마친 정미연이 나왔다.

그녀는 들어갈 때와 달리 편한 옷차림이었다.

"조금만 기다려요."

정미연은 수건으로 젖은 머리를 감싸고서 냉장고를 열었다.

그러고는 맥주 캔 하나를 꺼내 따더니 그 자리에서 바로 들이켰다.

"꿀꺽! 꿀꺽! 푸하."

"미연 씨……?"

맥주 캔 하나를 단숨에 비워낸 정미연이 히죽 웃었다.

"괜찮아요. 갈증이 조금 나서."

사실 아무렇지 않은 척하고 있지만 정미연도 긴장이 전혀 안 되는 건 아니었다.

김두찬과 둘만의 시간을 보내고 싶어서 집으로 초대를 했다.

거기까지는 괜찮았다.

연애를 못 해본 것도 아니고 나이가 적은 것도 아니었다.

그런데 집으로 들어와 김두찬을 보는 순간 심장이 미친 듯이 뛰었다.

여태껏 만나왔던 다른 남자들과는 달랐다.

'내가 왜 이러지.'

어떻게든 평상심을 유지하려 해도 그게 잘되지 않았다.

그래서 저도 모르게 맥주를 급히 들이켠 것이다.

한데 그게 문제였다.

냉장고에서 애호박과 두부를 꺼내는 순간부터 갑자기 현기증이 확 하고 몰려왔다.

정미연이 비틀거리다가 겨우 중심을 잡고 냉장고 문을 엉덩이로 닫았다.

'…방금 되게 꼴사나워 보였을 것 같은데.'

그런 생각이 들었지만 애써 덤덤한 척하며 조리대로 걸어가려는 순간.

'어라.'

다리에 힘이 확 풀렸다.

안 그래도 심장이 빨리 뛰는데 맥주를 급히 마신 탓이었다.

정미연은 뭘 어떻게 해볼 새도 없이 그대로 허물어졌다.

그녀의 손에 들려 있던 애호박과 두부가 허공을 날았다.

그때였다.

턱.

"……?"

여지없이 뒤통수를 바닥에 찧을 거라 생각했는데 그녀의 몸이 허공에서 멈췄다.

재빨리 다가온 김두찬이 그녀를 받쳐준 것이다.

정미연의 눈앞에 살짝 놀라고 경직된 김두찬의 얼굴이 보였다.

두 사람의 눈이 마주쳤다.

그러자 어색한 기류가 흘렀다.

'일단… 급해서 받쳐주긴 했는데 음…….'

어색함에 어쩔 줄을 모르던 김두찬의 입에서 로봇처럼 딱딱한 말투가 흘러나왔다.

"괜찮아요? 많이 놀랐죠?"

그렇게 묻는 김두찬의 모습이 바보 같아 정미연은 웃음을 터뜨렸다.

"풋!"

"미연 씨?"

왜 웃는지 영문을 몰라 김두찬이 그녀의 이름을 불렀다.

그 순간.

'어?'

정미연의 두 팔이 김두찬의 목을 감쌌다.

이어 부드럽고 촉촉한 입술이 김두찬의 입술에 닿았다.

김두찬의 머릿속이 하얘지고 귀에서는 종소리가 들렸다.

이성에게 뺨에 받아보는 뽀뽀는 이번이 두 번째였다. 물론 첫 번째로 뽀뽀를 해준 사람 역시 정미연이었다.

한데 이번 건 뽀뽀가 아니었다.

쪽. 쪼옥.

한 번 두 번 가볍게 부딪히며 떨어지기를 반복하던 입술이 점점 농도 짙게 섞이더니 어느 순간 서로의 혀가 얽혔다.

'……?!'

이것이 현실 키스.

정신이 혼미해진 김두찬의 몸에서 힘이 쭉 빠졌다.

콰당!

"아!"

정미연은 그대로 바닥에 드러누웠고, 그 위를 김두찬이 덮치듯 올라타 있었다.

그럴 의도가 없었으나 어쩌다 보니 그런 그림이 나왔다.

김두찬의 눈은 처음 느껴보는 황홀함에 살짝 풀려 있었다. 뺨도 붉게 상기되었고 입에서는 뜨거운 김이 흘러나왔다.

그 모습을 보는 순간 정미연의 머릿속에 뇌쇄적, 퇴폐미, 도발, 매혹 등등의 섹시함을 표현할 수 있는 모든 단어들이 떠올랐다.

어느 여자든 지금의 김두찬을 보면 안고 싶다는 생각을 안할 수 없을 정도였다.

"안 되겠어."

정미연이 김두찬의 몸을 부드럽게 어루만지며 말했다.

"해장국은 내일 먹어요. 오늘은 다른 걸 즐겨요."

김두찬은 무언가에 홀린 듯 고개를 끄덕였다.

다시 두 사람의 입이 격정적으로 포개졌다.

그러다 정미연의 손이 옷 안으로 들어오는 순간 김두찬은 다급하게 소리쳤다.

"자, 잠깐만요!"

"……?"

정미연이 상당히 당황하는 김두찬의 반응에 알겠다는 듯 물었다.

"처음이라서?"

김두찬은 차마 대답을 못 하고서 다른 곳을 바라보며 고개를 끄덕였다.

정미연은 그런 김두찬의 귀에 입술을 바짝 가져다대고 촉촉한 음성으로 속삭였다.

"괜찮아요. 우리, 서로한테는 처음이야. 나도 네가 처음이야."

이후로 더 이상 입으로 나누는 대화는 없었다.

그렇게 두 사람의 뜨거운 밤이 흘러갔다.

*　　　　*　　　　*

타타타탁! 보글보글.

아침부터 칼로 도마를 두들기는 소리와 찌개 끓는 소리, 그리고 밥 지어지는 냄새가 가득 퍼졌다.

침대에서 이불을 돌돌 말고 자던 김두찬은 그 아름다운 하모니에 기분 좋게 눈을 떴다.

그의 눈에 가장 먼저 들어온 건 앞치마를 두르고서 요리를 하는 정미연의 모습이었다.

정미연이 다 끓은 찌개를 식탁에 올려놓으며 빙긋 웃었다.

"일어났어요? 와서 앉아요."

김두찬이 뻗친 머리를 정리하며 식탁으로 다가왔다.

식탁 위에는 김치와 된장찌개, 계란말이, 감자 샐러드, 소세지 야채 볶음, 멸치볶음, 오징어 숙회, 보리차가 놓여 있었다.

"이걸 다 미연 씨가 한 거예요?"

"대부분은 미리 만들어둔 거 꺼냈어요. 아침에 만든 건 계란말이랑 된장찌개가 전부예요."

소세지 야채 볶음과 오징어 숙회도 전날 만들었던 것을 다시 데운 것이었다.

그렇다 해도 대단한 실력이었다.

"엄청나네요."

정미연이 밥 두 그릇을 퍼 와 김두찬과 자신의 앞에 놓았다.

"이제 먹어요. 얼른 먹고 나가봐야 돼요."

"아, 오늘 일 있어요?"

그렇게 묻는 김두찬에게 정미연이 눈을 가늘게 떴다.

"오늘 촬영 있다고 한 거 잊었어요?"

"…아, 맞다. 미안해요. 깜빡했어요."

"밥 먹고 같이 나가서 오전 촬영하고 돌아가면 될 거예요."

"네. 잘 먹을게요."

김두찬이 밥을 한 숟갈 떠 넣고, 된장찌개를 맛봤다.

'맛있다!'

그의 머릿속에 된장찌개 레시피가 주르륵 뜨고서 요리 등급이 매겨졌다.

무려 B―였다.

어지간한 식당보다 훨씬 나은 실력이었다.

깜짝 놀란 김두찬이 얼른 다른 반찬들도 집어 먹어봤다.

대부분의 요리들이 B― 이상이었다.

가장 낮은 요리 등급이 C+였다.

'요리까지 잘해?'

김두찬이 놀란 얼굴로 정미연을 바라봤다.

그런데 그녀는 밥을 먹지도 않고 턱을 괴고서 김두찬을 흐뭇하게 바라보고 있었다.

"왜… 그렇게 봐요?"

"맛있게 먹는 모습 보기 좋아서. 어때요?"

"진짜 맛있어요. 빈말이 아니라."

"자취를 일찍 했어요. 처음에는 매일같이 시켜 먹고 나가서 사먹다가 그게 물려서 만들어 먹고 싶어졌어요. 그래서 틈틈이 한식 조리 기능사 학원을 다녔어요."

"아, 그래서 자격증 땄어요?"

"한식, 중식, 일식, 양식, 전부 다 땄어요."

"……."

김두찬의 말문이 턱 막혔다.

인생 역전에 접속하지 않아도 완벽한 사기캐가 바로 눈앞에 있었다.

'저것도 그녀가 가지고 태어난 행운의 능력인가?'

될 사람은 길다가 넘어져도 돈을 줍는다고 한다.

물론 행운이라는 능력이 있어도 노력이 없다면 평범하게 사는 것에 그쳤을 것이다.

하지만 정미연은 스스로를 가꾸고 발전시켜 행운에 시너지를 일으켰다.

그 결과가 지금의 모습이었다.

아울러 그랬기 때문이 김두찬도 잡을 수 있었던 것이다.

정미연은 지금 이 순간, 자신의 눈앞에 있는 김두찬을 보며 생각했다.

세상에 태어나 느낄 수 있는 행복 중 가장 큰 행복 하나를 지금 느끼고 있다고.

일을 할 때 말고도 타인으로 인해 자신의 가슴이 이렇게나 빠르게 뛸 수 있다는 걸.

이만큼이나 설렐 수 있다는 걸, 처음으로 알았다.

그걸 알게 해준 사람이 김두찬이었다.

김두찬에게 고정되어 있는 그녀의 두 눈엔 애정이 가득했다.

＊　　　＊　　　＊

스튜디오에서 촬영을 하는 내내 김두찬과 정미연의 분위기가 심상찮았다.

서로 크게 티를 내지는 않지만 묘하게 신경 쓰이는 기류가 흘렀다.

그것을 뷰티미닷컴의 여자 스태프들은 전부 느꼈다.

심아현과 김유나, 이현지가 두 사람 사이에 무슨 일이 있었느냐고 물을 기회만 노렸다.

그것을 눈치챈 정미연이 열심히 촬영 중인 김두찬에게 다가갔다.

그러더니 대놓고 뺨에 입을 맞췄다.

쪽!

"헐."

"어머나?"

"역시는 역시인가!"

놀라서 일을 중단해 버린 여자 스태프들을 보며 정미연이 말했다.

"맞아요. 우리 연애해요. 이제 됐지? 다시 일에 집중."

정미연은 언제 그랬냐는 듯 평소의 프로다운 모습으로 돌아가 있었다.

그런 그녀를 보며 김두찬이 속으로 웃었다.

정말이지 매력적인 여자였다.

*   *   *

촬영이 끝난 후, 정미연은 다른 스케줄 때문에 바쁘게 회사를 나섰다.

김두찬은 그녀와 작별 인사를 한 뒤 밴을 타고 집으로 향했다.

무심코 스마트폰을 열어 메시지를 확인하던 김두찬의 눈에 낯선 번호로 들어온 메시지가 보였다.

김두찬이 메시지를 확인했다.

—두찬 후배님. 저 연기과 2학년 예지우라고 하는데 기억나요? 갑작스럽게 미안. 물어볼 게 있어서 우리 과 후배들한테 두찬 후배 번호 받아서 연락했어요. 보면 답장 부탁할게요.

'예지우? 아⋯⋯.'

김두찬은 그녀가 누군지 바로 알았다.

태평예술대학에서 미모 원톱으로 하도 유명해서 3D 세상의 여자보다는 2D 세상의 여자를 더 좋아하던 시절의 김두찬도 익히 알고 있었다.

얼마 전에는 식당에서 옆자리에 앉기도 했었다.

'그런데 뭘 물어보려고 이렇게 급했던 거지?'

김두찬이 답장을 보냈다.

─안녕하세요, 지우 선배님. 답장 늦어져서 죄송해요. 메시지를 지금 확인했어요. 무슨 일이세요?

그러자 바로 전화가 걸려왔다.

"여보세요."

─두찬 후배! 답장 기다리가 목 빠지는 줄 알았어요!

"죄송해요. 일이 있어서 확인할 겨를이 없었어요. 한데 어쩐 일로……."

─아, 혹시 예몽진 감독이라고 알아요?

"네? 글쎄요. 잘 모르겠는데요."

─음… 나름 900만 관객 영화감독인데 더 열심히 하셔야겠네. 아무튼 예몽진이라는 영화감독이 있어요.

"아, 그렇군요. 통화 끝나면 인터넷에서 찾아볼게요."

─아뇨. 그럴 필요 없어요. 그 감독님이 두찬 후배를 직접 만나고 싶대요. 그냥 얼굴 보는 게 파악하기 더 편할 거예요.

"감독님이 저를요? 왜요?"

─두찬 후배가 몽중인의 저자잖아요.

"네."

─그 소설을 영화로 제작하고 싶대요.

"영화 제작이라고요?!"

김두찬의 목소리가 커졌다.

─네. 그래서 제가 묻고 싶었던 건 이거예요. 혹시 소설을 영화화하고 싶은 마음이 있어요?

예지우의 물음에 김두찬이 크게 고개를 끄덕였다.

"있어요."

—그럼 오늘 시간 어때요? 우리 아빠 지금 거실에서 빈둥거리고 있는데.

"아빠… 라니요? 아, 혹시."

—맞아요. 예몽진 감독이 우리 아빠예요. 두찬 후배의 글을 무조건 영화로 만들고 싶대요.

김두찬이 스마트폰을 멀리하고서 작은 음성으로 중얼거렸다.

"내 글이… 영화로?"

그의 가슴이 기분 좋게 뛰었다.

정미연에게서 얻은 행운이 계속해서 김두찬의 앞날에 금가루를 뿌려주고 있었다.

*   *   *

예지우의 집은 신림에 있었다.

김두찬은 장대찬에게 차를 돌리게 해 그녀의 집 근처로 향했다.

예지우가 예몽진과 함께 김두찬이 있는 곳으로 찾아가겠다 했지만 이미 밖에 나와 있는 상황에서 그럴 필요가 없었다.

세 사람은 예지우의 집 근처 카페에서 만나기로 했다.

예지우와 예몽진은 먼저 카페에 도착해 김두찬을 기다렸다.

예몽진의 손에는 몽중인이 들려 있었다.

그는 하루 동안 벌써 몽중인을 다섯 번이나 독파했다.

잘 때 빼고는 먹을 때와 쌀 때도 항상 몽중인을 들고 다녔다.

읽으면 읽을수록 깊이 있게 빠져드는 소설은 실로 오랜만이었다.

"이야. 이런 게 장르소설이라니. 이건 일반서로 나왔어야 돼."

예몽진이 몽중인의 표지를 어루만졌다.

옆에서 복숭아 아이스티를 쪽쪽 빨고 있던 예지우가 한마디를 얹었다.

"완벽하게 장르소설로 내놓은 건 아니고, 일반서와 장르소설의 경계쯤 있다고 보면 돼요."

"그래? 이 작가 다른 작품은 없어?"

"몽중인이 출간된 것도 며칠 전인데 그사이에 후속작이 나오겠어요?"

"그렇네. 쩝."

입맛을 다신 예몽진이 아이스 아메리카노를 크게 한 모금 마셨다.

커피와 함께 달려들어 온 얼음의 그의 입안에서 우악스럽게 씹혔다.

아그작, 아그작.

그의 시선이 책 표지에 크게 박힌 작가 이름에 고정됐다.

"다 좋은데 필명이 조금……."

"왜요?"

"시골틱하지 않냐? 김두찬."

"얼굴 보면 그런 말 안 나올걸?"

"응? 웬일이냐. 네가 다른 사람 외모 칭찬도 다 하고."

예지우는 딱히 남의 외모를 칭찬하지 않았다.

그녀에게 있어서 외모는 그렇게 중요한 가치 평가 기준이
아니었다.

항상 사람의 내면을 더 중요시하는 이가 예지우였다.

그래서 여태껏 수많은 킹카들이 그녀에게 대시를 해와도
전혀 흔들리지 않았던 것이다.

그런 딸내미가 김두찬의 외모를 두둔하고 나서니 예몽진은
의외였다.

"칭찬이라기보단 사실을 말한 거죠."

예지우가 딱 잘라 말했다.

그래도 예몽진은 크게 기대하지 않았다.

"그나저나 언제쯤 도착하려나."

예몽진이 김두찬을 기다리며 카페 입구로 시선을 돌렸다.

그때 유리문이 열리며 훤칠한 키의 미남자가 카페 안으로

들어섰다.

'허?'

예몽진은 저도 모르게 감탄했다.

그는 소위 제법 팔리는 작품을 찍는 영화감독이다.

그렇다 보니 연예계에 한 미모 한다는 톱스타들을 많이 만나봤다.

개중에는 한국 3대 얼굴에 든다는 남자 탤런트들도 있었다.

그들을 처음 봤을 때 예몽진은 같은 남자임에도 한동안 시선을 떼지 못했다.

조각처럼 잘생긴 얼굴엔 그만큼 시선을 잡아끄는 마력이 있었다.

한데 지금 카페 안으로 들어서는 남자는 차라리 다른 종족인 것 같은 느낌이 들었다.

잘생겼다는 감상을 넘어서서 경외스러울 지경이었다.

그가 카페로 들어서는 것만으로 내부가 밝아지는 것 같은 착각이 일었다.

각자의 테이블에서 열심히 떠들고 있던 모든 사람들의 시선이 사내에게 집중됐다.

열심히 음료를 만들던 종업원들의 행동도 일제히 멈췄다.

그야말로 세상 혼자 사는 미모라는 말이 딱 어울리는 남자였다.

'물건이다. 물건이야.'

예몽진이 입을 헤 벌리고서 사내에게 시선을 떼지 못했다.

'누구지? 어디 소속 연예인이야?'

저 얼굴로 일반인이라고 하면 그건 반칙이다.

게다가 여러 소속사에서 여태껏 가만히 두었을 리도 없었다.

'키워보고 싶다.'

예몽진은 예지우와 마찬가지로 사람을 외모로 평가하지 않는다.

그보다는 내실을 잘 다진 이들을 좋아한다.

그런데 사내의 미모는 그것 하나만으로도 다른 모든 것이 커버될 만큼 절대적이었다.

예몽진이 무언가에 홀리기라도 한 듯 사내에게 다가가려고 일어서려는 찰나였다.

"두찬 후배! 여기."

예지우가 손을 번쩍 들고 사내를 불렀다.

그에 예몽진의 눈이 휘둥그레졌다.

"두찬 후배? 김두찬 작가? 저분이?"

"네."

"아니, 무슨… 작가 외모가……."

"그러니까 말했잖아요. 이름이랑 딴판이라고."

예지우를 발견한 김두찬이 얼른 다가와 빙긋 웃으며 눈인사를 했다.

"안녕하세요. 지우 선배님. 그리고 지우 선배 아버님이시죠? 처음 뵙겠습니다. 김두찬이라고 합니다."

예지우와 예몽진이 자리에서 일어나 인사를 받았다.

"예몽진이라고 합니다. 반갑소!"

"갑자기 부탁해서 난감했을 텐데 이렇게 나와줘서 고마워요, 두찬 후배."

"아녜요. 저한테 과분한 제안을 해주셔서 감사할 따름이에요."

"일단 앉도록 하지요."

예몽진의 제안에 모두가 자리에 앉았다.

그러자 주변에서 수군거리는 소리가 들려왔다.

"얘얘, 비현실 친오빠!"

"대박. 나 무반주 라이브 영상 봤잖아."

"졸 잘생겼다. 연예인인가?"

"작가잖아. 요새 연예인보다 더 핫해. 김두찬, 몰라?"

"어? 이름 되게 많이 들어봤는데."

"야, 김두찬이다. 김두찬!"

"대박. 어떻게 여기서 만나? 이거 실화냐?"

"나 저 오빠 진주 찾기에서 보고 팬클럽 가입했는데."

"네가 누나야, 미친년아."

카페 안은 넓은 편이 아니어서 그 수군거림이 예몽진과 예지우의 귀에도 언뜻언뜻 들려왔다.

'얘는 어딜 가나 화제 만발이네.'

예지우가 속으로 그렇게 생각했다.

동시에 호감도가 4나 올랐다.

현재 그녀의 호감도는 56이었다.

'어? 저번에 봤을 때는 37이었는데.'

김두찬은 몰랐지만 예지우는 그의 소설을 읽으면서 호감도가 52까지 상승한 상태였다.

김두찬의 시선이 이번에는 예몽진의 머리 위로 향했다.

'34.'

처음 본 사이치고는 제법 높은 편이었다.

그 역시 몽중인의 효과였다.

그런데 그 호감도가 1씩 2씩 계속 오르고 있었다.

카페 안의 다른 사람들의 호감도 역시 조금씩 상승하는 중이었다.

김두찬의 눈앞에 호감도를 얻었다는 시스템 메시지가 주르륵 나타나 위로 밀려 올라가고 있었다.

김두찬은 그 호감도를 무시했다.

그러자 시스템 메시지가 사라졌다.

이건 얼마 전부터 알게 된 효과였다.

김두찬이 시스템 메시지를 거슬린다고 느끼는 순간 메시지가 사라진다.

그리고 보고 싶다는 의지를 일으키면 다시 볼 수 있었다.

아울러 이미 지나간 시스템 메시지를 다시 보는 것도 가능했다.

"그… 대략적인 얘기는 지우한테 들었죠?"

"네. 영화감독이라고 하시던데. 만나뵙게 돼서 영광입니다."

"에이, 영화감독이 별거 없어요. 오히려 제가 영광이죠. 이렇게 훌륭한 글을 써내는 작가들, 요즘은 보기 힘들잖아요."

예몽진이 뭉중인을 테이블 위에 턱 올려놓았다.

"부끄럽네요."

김두찬이 쑥스러운 마음에 멋쩍어했다.

그 모습이 남녀를 불문하고 당장에라도 안아주고 싶을 만큼 사랑스러웠다.

"부끄러워할 필요가 전혀 없어요. 이 소설은 반드시 영화로 만들어져야 하는 작품이에요. 그리고 그 작업을 가장 잘 해낼 수 있는 사람은 바로 나다, 이 말이요! 자신할 수 있어요."

예몽진의 눈이 초롱초롱 빛났다.

그 안에는 뜨거운 열정이 담겨 있었다.

김두찬의 가슴에 예몽진의 마음이 고스란히 와 닿았다.

"제 작품을 진심으로 아껴주셔서 감사드려요, 감독님."

"과연 얼마나 많은 사람이 이 글을 싫어할 수 있을까요? 내 생각엔 열 손가락 안에 꼽을 듯한데."

"그건 좀 오버다, 아빠."

예몽진이 잔뜩 꿈에 부풀어 떠들어대고 있는데 예지우가 현실적으로 치고 들어왔다.

예몽진이 예지우를 살짝 째려봤다.

그가 감성적인데 비해 딸인 예지우는 지극히 이성적이었다.

"작가님 소설 혹시 다른 곳에서 영화 제의 들어오지는 않았죠?"

"네. 아직 출간된 지 얼마 되지 않았으니까요."

"잘됐습니다! 그럼 저한테 맡겨주시고 우리 제작사랑 계약하십시다!"

"아… 저도 그러고 싶어요. 사실 제 글을 영화화하고 싶어하신다는 얘기 전해 들었을 때부터 가슴이 뛰었거든요."

"한데 무슨 문제라도……?"

예몽진이 살짝 굳은 음성으로 물었다.

"영화 쪽 계약 문제는 제가 독단으로 하기 힘들어요. 1차적으로 출판사에 문의를 해야 하고 제 소속사 의견도 들어야 하거든요."

"음? 출판사 문제야 그렇다 쳐도 소속사라니요?"

"제가 얼마 전에 연예 기획사와 계약을 맺었거든요."

그 말에 예몽진이 알겠다는 듯 고개를 끄덕였다.

"그 정도 비주얼이면 연예 기획사 쪽에서 러브콜이 올 만도 하겠네요. 한데 그거랑 이거랑 무슨 연관이 있는지 모르겠습니다?"

예몽진이 이해가 되지 않아 머리를 긁적였다.

그에 김두찬이 현재 소속사와 계약을 하게 된 경위와 어떤 케어를 받고 있는지에 대해서 간단히 말해줬다.

"아, 그런가요? 창작을 위한 지원을 해준다라… 한마디로 스타 작가를 키워보겠다는 거군요. 혹시 그 소속사가 어디인지 알 수 있을까요?"

"플레이 인이에요."

"플에이 인이요?"

예몽진이 눈을 번쩍 뜨더니 기분 좋게 웃었다.

"하하하하! 그럼 별문제 없을 테니 염려 놓아도 되겠어요. 정태산 사장이 나랑 호형호제하는 사이라우."

생각지도 못한 인연에 김두찬은 적잖이 놀랐다.

"그런가요?"

"당장 보여주리다!"

예몽진이 호언장담하며 스마트폰을 꺼내 정태산의 개인 번호로 전화를 걸었다.

그러고는 스피커폰 모드로 전환했다.

신호가 몇 번 가기도 전에 스마트폰 너머로 정태산의 호쾌한 음성이 들려왔다.

─무슨 일이냐, 털보야!

"형님! 나 지금 누구 만나고 있는 아시우?"

─내가 어떻게 아냐. 누구 만나는데?

"김 작가 만나고 있수다."

―김두찬 작가? 내 소중한 작가를 네가 왜 만나?

"몽중인 말이오. 내가 영화로 만들었으면 하는데. 형님만 허락해 주면 당장 김 작가 모시고 아띠 출판사 쳐들어갈 생각입니다."

―그걸 내가 허락하지 않을 이유가 없지. 그런데 중요한 건 김 작가 의견이야. 난 김 작가가 싫다고 하면 회사에 이득이 되는 일이라도 하지 않을 거야.

정태산은 지금 스피커폰으로 통화를 하고 있는 줄 몰랐다.

김두찬은 스마트폰 너머로 들려오는 정태산의 말에 감동을 받았다.

그는 진심으로 김두찬을 아끼고 있었다.

"그건 걱정 마시우! 하고 싶다고 확답 받았으니까. 다만 혼자서 결정해선 안 된다기에 전화드렸소!"

―김 작가가 예의를 아는 사람이야. 그리고 출판사 허락 받아내려면 김 작가님 바쁘니까 네가 혼자 가서 도장 찍어.

"형님, 김 작가님한테 유별납니다?"

―딱 두 번만 만나보면 너도 나처럼 될 거다. 나 미팅 있다. 끊자, 털보야. 김 작가 잘 부탁한다.

통화가 끝나고 예몽진이 함박웃음을 지었다.

"소속사 문제는 이제 해결된 거죠, 김 작가님?"

김두찬이 마주 미소 지으며 고개를 주억거렸다.

"네. 감사해요."

두 사람을 바라보는 예지우의 얼굴에도 절로 웃음이 번졌다.

갈수록 그녀의 눈에 김두찬이라는 사람이 크게 들어오고 있었다.

＊　　　　＊　　　　＊

그날, 김두찬은 카페에서 미팅을 마친 뒤 집으로 돌아왔다.

귀가하는 밴 안에서 예몽진에 대해 검색을 해봤다.

그랬더니 놀라운 약력들이 주르륵 나왔다.

그가 감독으로 정식 데뷔한 이후 흥행시킨 작품만 8개였다.

그중 가장 관객이 적게 든 영화는 230만, 가장 많이 든 영화는 900만이었다.

무려 900만 관객을 동원한 감독이 김두찬을 원한 것이다.

영화 계약 문제는 선우동과 전화 통화를 해서 우선은 구두 계약으로 끝냈다.

도장 찍는 날은 출판사 사람들과 근일 다시 잡기로 했다.

덕분에 아띠 출판사는 완전히 축제 분위기였다.

김두찬은 그런 줄은 꿈에도 모른 채 집에 도착하자마자 환상서 사이트에 접속했다.

그리고 영웅의 노래 게시판을 열었다.

즐겨찾기 7만 5천에 평균 조회 수는 이제 17만을 넘었다.

가히 경이로운 숫자였다.

영웅의 노래가 연재된 이후 다른 소설들이 1위를 하는 경우는 거의 찾아보기 힘들었다.

영웅의 노래에 새로운 게시물이 올라오면 1시간 만에 조회 수가 3~4만을 찍어버리기 때문이다.

보통 환상서에서 1위를 하는 글들의 조회 수가 2~3만 사이다.

때문에 1위를 하는 글이 나올 수가 없었다.

그래서 다른 작가들도 이제 1위는 포기한 심정으로 연재를 하고 있었다.

6월 3일 토요일.

오늘까지 영웅의 노래는 총 27화가 연재됐다.

김두찬은 슬슬 때가 되었다고 생각하고 공지 글을 올렸다.

글의 제목은 '영웅의 노래가 6월 5일(월요일)에 유료 연재로 전환됩니다'였다.

영웅의 노래가 연재를 시작한 건 지난주 토요일이었다.

그런데 연재한 지 열흘이 되기도 전에 유료로 전환을 하겠다고 선언한 것이다.

보통은 짧아도 한 달, 길면 두 달 이상을 연재하고 유료로 넘어가는 게 정석이다.

그런데 시작한 지 열흘도 안 된 작품이 유료 연재 공지글을 올렸다.

하지만 누구도 그것에 대해 딴지를 걸 수 없었다.

이미 그보다 더 오래 연재한 어떠한 글보다 독보적인 조회 수를 자랑하고 있었으니 말이다.

김두찬이 유료 연재 공지글을 올린 후.

자유 게시판에는 대체 김두찬이 유료 연재로 한 달간 얼마의 수입을 올린 것인가에 대한 토론이 활성화됐다.

가장 적게 보는 사람은 달 3억을 예상했고, 높게 보는 사람은 8억을 예상했다.

하지만 정작 김두찬 본인은 유료 연재로 들어올 수익이 얼마나 될지 짐작도 못 한 채 비축분을 쌓는 데만 열중했다.

주말 동안 김두찬은 또다시 방에서 틀어박혀 밖으로 나오지 않았다.

토요일은 새벽까지 영웅의 노래 비축분을 만들었다.

그렇게 쌓인 비축분은 총 60화 분량이었다.

자정이 넘었을 무렵 3편을 연재해 딱 무료 연재 분량은 30화를 채웠다.

일요일 오전에는 이미 즐겨찾기 수가 9만에 평균 조회 수는 19만에 육박했다.

장르소설 사이트에서 연재된 글이 이렇게까지 붐을 일으킨 경우는 단연코 없었다.

김두찬의 몽중인이 히트를 치고 차기작 적이 화제에 오른 데다, 그가 플레이 인과 계약을 맺으면서 영웅의 노래까지 기사를 탔다.

그 모든 시너지에 행운 능력이 버프를 걸어주는 바람에 이런 경이로운 기록이 가능했다.

물론 이런 상황의 전제 조건엔 좋은 글이 뒷받침되어 있었다.

이미 영웅의 노래는 장르문학의 새로운 지평을 열었다는 평가를 받고 있었다.

물론 대부분 네티즌들의 손끝에서 탄생한 평가였다.

그러나 그 평가를 크게 반박하는 이들이 없다는 점에서 무시하고 넘어갈 만한 이슈는 아니었다.

영웅의 노래 비축분을 만든 이후에는 유료 게시판 신청 양식을 작성해 사이트 관리자에게 보냈다.

영웅의 노래는 결국 아띠 출판사와 함께 가기로 했다.

지금까지 함께 해온 의리도 의리지만 얼마 전 선우동이 제시한 조건이 괜찮았기 때문이다.

환상서에서 나오는 수익은 모두 김두찬에게 100퍼센트 지급된다.

물론 작가와 연재 사이트 사이에서 7 대 3으로 분배를 하지만 보통 출판사를 끼고 하는 경우 그 7에서 또다시 이율을 분배하게 마련이다.

그러나 아띠 출판사는 그 부분을 일절 건드리지 않기로 했다.

대신 영웅의 노래를 다른 플랫폼에 서비스 및 관리, 영업하는 것을 책임지기로 하고 그에 대한 수익의 10퍼센트만 가져가는 것이 조건이었다.

그것은 대단히 파격적인 조건이었다.

보통은 30에서 40을 부른다.

50을 먹는 출판사도 종종 있었다.

그런데 아띠 출판사는 딱 10을 불렀다.

그 정도만 자신들이 가져가도 충분히 큰 이익이 날 거라는 믿음이 있었다.

김두찬의 입장에서도 전혀 손해 볼 게 없었기에 아띠 출판사와 손을 잡았다.

선우동은 김두찬의 메일로 계약서를 보냈고, 김두찬은 그것을 프린트해서 도장을 찍은 뒤 당일 퀵으로 쐈다.

이제 작품이 유료 전환되는 건에 관해서는 출판사가 알아서 환상서 사이트와 정리할 것이다.

본래는 환상서와 따로 계약서를 써야 하지만, 그 과정을 건너뛸 수 있었다.

일 하나를 끝내고 나니 서서히 동이 트고 있었다.

김두찬은 침대에 누워 세 시간 정도 눈을 붙였다.

딱 그 정도만 자면 모든 피로가 말끔하게 날아갔다.

다시 쌩쌩해진 김두찬은 얼마 전 분양해 온 다람쥐, 다로미의 밥을 챙겨줬다.

"근데 다로미라는 이름 마음에 안 든다."

다로미의 원작자 때문에 정태산과 김태영이 대단히 맘고생을 했다.

당연히 그 이름이 마음에 들 리 없었다.

그래서 김두찬은 다른 이름을 지어주기로 했다.

"이제부터 너는 음… 내 성을 따서 김다람이다, 김다람."

다로미는 김다람이 되었다.

김두찬은 김다람을 보고 씩 웃어준 뒤, 다시 의자에 앉았다.

이제부터는 당끼의 캐릭터를 그려야 한다.

그가 줄 없는 연습장을 펼치고서 펜을 들었다.

그리고 막힘없이 당끼를 그려 나갔다.

우선은 연습으로 그렸던 것의 기본형부터 시작했다.

이후 두 번, 세 번 수정을 거치며 계속해서 당끼를 업그레이드시켰다.

그러다 스물한 번째 모델에서 김두찬은 펜을 멈췄다.

'이거다.'

느낌이 바로 왔다.

여기서 뭘 더 추가하거나 빼는 건 캐릭터를 망치는 짓이라는 생각이 들었다.

김두찬은 스물한 번째 당끼를 오리지널 캐릭터로 선택했다.

그가 스마트폰으로 당끼를 찍어 일단 정태산과 김태영에게 전송했다.

답변은 바로 날아왔다.

두 사람 모두 대단히 만족한다는 반응이었다.

당끼 외의 등장인물들은 처음부터 아이 프로덕션의 오리지널 캐릭터였다.

때문에 그 부분은 건들 필요가 없었다.

'그럼 남은 건 시나리오 수정이다.'

하지만 시나리오를 수정하기 위해서는 토끼에 대한 이해가 필요했다.

김두찬은 바로 동네의 대형 마트로 향했다.

대형 마트의 애완동물 코너에서는 애완용 토끼들을 분양하고 있었다.

김두찬이 상상 공유의 능력을 발동시켜 토끼 한 마리의 머릿속을 들여다봤다.

상상 공유가 끝나고 나니 김두찬의 머릿속에 당끼라는 캐릭터의 성격과 개성이 뚜렷하게 잡혔다.

'됐다.'

그는 다시 집으로 돌아와 컴퓨터를 켰다.

그다음 가장 먼저 '내 친구 다로미' 폴더의 이름을 '내 친구 당끼'로 수정했다.

원고의 제목들도 전부 바꿨다.

그리고 1화부터 시나리오를 빠르게 고쳐 나갔다.

*   *   *

저녁이 다 되어서야 김두찬은 수정 작업을 끝낼 수 있었다.

1화부터 26화까지 완벽히 수정을 마쳤고, 퇴고 한 번에 검수는 두 번이나 했다.

상상 공유로 알게 된 토끼의 개성을 잘 버무려 이야기를 진행시키니 오히려 전보다 더 알차고 재미있어졌다.

게다가 다로미와 달리 당끼는 김두찬이 직접 만들어낸 캐릭터인지라 더욱 익숙하게 다룰 수 있었다.

그렇다 보니 이야기 속에 훨씬 자연스레 녹아들었다.

김두찬은 수정 완료된 원고들을 김태영의 메일로 보냈다.

이제 남은 건 대답을 기다리는 것뿐이다.

"후."

반나절을 의자에만 앉아 있었더니 몸이 찌뿌듯했다.

김두찬은 침대 위로 몸을 날렸다.

그러고는 하루 종일 노동을 한 머리와 몸을 쉬게 해줬다.

고요한 방 안에서 가만히 누워 있자니 문득 정미연이 떠올랐다.

그녀는 바쁜 사람이다.

오늘도 오전 중에 종일 스케줄이 빽빽해서 연락 잘 못 해도 서운해하지 말라는 메시지 하나만 달랑 오고 함흥차사다.

그래도 김두찬은 서운하지 않았다.

사귀는 연인 사이에서 가장 기본적으로 지켜야 하는 예의를 그녀는 지켜줬다.

그거면 충분했다.

정미연을 생각하니 절로 뜨거웠던 토요일 새벽이 떠올랐다.

여태껏 일이 바빠 어마어마한 대사건을 겪고 나서도 곱씹어 볼 여유가 없었다.

이제와 천천히 되짚어보니 얼굴이 붉어지고 목이 타들어갔다.

김두찬은 그날 처음으로 여인의 나신을 봤다.

여인의 몸이 그렇게 아름답고 포근하고 농염한 것이라는 걸 처음 알았다.

물론 영상 자료로는 많이 접해왔었다.

그러나 그건 어디까지나 엄선된 사람들을 주인공으로 찍은 영상들이다.

일반인은 그렇지 못할 거라 생각했다.

그런데 정미연은 그 영상 속 어떤 여인들보다 섹시했고, 아름다웠다.

김두찬의 열기가 좀처럼 식지 않아 밤을 지새우고 달랑 두 시간 수면을 취하게 만들었으니 말이다.

'윽. 더 생각하면 안 되겠다.'

김두찬은 자신의 의지와 상관없이 일어나는 몸의 변화를 느끼며 얼른 생각을 전환했다.

*　　*　　*

같은 시간.

정미연도 폭풍 같은 스케줄을 소화하다 잠시 휴식을 취하고 있었다.

그녀가 스마트폰을 꺼내 아침에 김두찬에게서 온 답장을 확인했다.

―너무 무리하지 말고 파이팅이에요.

담백하고 어설픈 문자에 피식 웃음이 나왔다.

'무리하지 말라는 건지, 열심히 일하라는 건지. 이 사람 작가 맞아?'

하여튼 이상한 매력으로 사람을 끌어당기는 남자였다.

정미연이 거기에 대한 답장을 보내려고 키패드를 두들길 때였다.

띠링.

김두찬에게서 문자가 왔다.

―보고 싶어요.

기막힌 타이밍이었다.

이런 우연이 정미연은 싫지 않았다.

멀리 떨어져 다른 공간에 있어도 서로의 마음이 연결된 것 같아 흐뭇했다.

정미연이 김두찬과 함께했던 뜨거운 밤을 떠올렸다.

'아무것도 모르는 샌님인 줄 알았는데.'

김두찬은 여태껏 만나왔던 그 어떤 남자보다도 짐승 같았다.

그는 밤새 식을 줄 몰랐다.

그리고 한 번 사랑을 나누면 정미연이 황홀경에 두세 번씩 빠진 다음에야 끝을 맺었다.

그렇게 어마어마한 정력을 가진 남자를 정미연은 단 한 번도 겪어본 적이 없었다.

게다가 체력뿐만 아니라 다른 것도 훌륭했다.

한참 동안 김두찬을 떠올리던 정미연이 뒤늦게 답장을 보냈다.

—나도요.

＊　　　＊　　　＊

한참 글에 집중하던 김두찬은 늦은 시간 귀가한 부모님의 대화 요청에 잠시 작업을 중단했다.

오래간만에 가족이 거실에 둘러앉아 주전부리를 먹으며 두

런두런 얘기를 나눴다.

무언가 할 말이 있는 것 같은데 가장인 김승진이 계속해서 헛기침만 하고 도통 입을 열지 않았다.

그러자 보다 못한 심현미가 본론을 꺼냈다.

"두찬아. 사실 이틀 전에 우리 집 빚 다 갚았다?"

"그랬어요?"

"그래. 하도 바빠 보여서 이제 말한다. 오늘도 마찬가지로 바빠 보이긴 하는데 더 늦게 얘기하는 것도 아닌 것 같아서. 네가 빌려준 돈으로 빚잔치 제대로 했어. 이제 빚 없어."

심현미가 말미에 팔꿈치로 김승진의 옆구리를 쿡 찔렀다.

"크험! 흠… 그… 애비가 돼서 참 면목이 없구나. 빠른 시일 내에 네 돈 갚아주도록 하마."

"어휴, 당신도 참 이럴 때 보면 정말 멋대가리 없다니까요."

"아들 돈 꿔서 빚 갚는 순간 이미 가장으로서의 멋 같은 건 개나 줘버렸지 뭐."

김승진의 넋두리에 김두리가 옆으로 찰싹 달라붙어 앉아 팔짱을 꼈다.

"그래도 아빠 멋있어~ 힘을 내! 아자!"

"에휴, 내가 우리 장남 볼 면목이 없다. 면목이 없어."

"됐어요. 아빠랑 엄마가 두 분만 잘살겠다고 하려다가 지게 된 빚도 아니잖아요. 같이 살자고 노력하다 지게 된 빚인데, 제가 능력이 있으면 대신 갚아줄 수도 있는 거라고 생각해요."

"아아! 거기까지는 절대 안 돼. 딱 여기까지. 빌려주는 선에서 마무리하자, 아들."

"알겠어요. 대신 부담 갖지 말고 천천히 갚으세요."

그리 말하는 김두찬을 심현미가 다가와 꽉 끌어안았다.

"두리가 아빠만 안아주니까 엄마는 아들한테 안겨야겠다!"

"뭐야? 엄마 질투해?"

김두리가 장난기 가득한 음성으로 물었다.

그런데 김두찬의 품에 얼굴을 묻고 있는 심현미에게서는 아무런 대답도 들려오지 않았다.

"엄마, 뭐 해?"

김두리가 그런 심현미를 흔들어보려 하다가.

"……"

미세하게 들썩이는 어깨를 보고서 그대로 굳었다.

아직도 철이 없는 김두리였지만, 차마 엄마 우냐는 물음은 던질 수가 없었다.

그 모습을 바라보던 김승진이 고개를 들어 올렸다.

말없이 천장을 응시하는 김승진의 두 눈에 눈물이 그렁그렁 맺혔다.

김두찬은 가만히 심현미의 등을 쓸어내려 주었다.

한참 동안 소리 없이 흐느끼던 심현미가 겨우겨우 입을 열어 작은 목소리로 마음을 전했다.

"아들… 사랑해. 고마워, 많이."

"……."

사랑해.

그 말을 부모님에게 들어본 게 얼마만인지도 알 수 없었다.

김두찬이 자신만의 세상에 빠져 현실과 단절되어 살아가면서 부모님은 단 한 번도 그에게 사랑한다는 말을 하지 않았다.

그런데 지금, 심현미가 김두찬에게 사랑한다고 말했다.

그 순간, 거짓말처럼 한 줄기 눈물이 뺨을 타고 주르륵 흘러내렸다.

가슴이 반응한 건 그다음이었다.

김두찬의 마음속 깊은 곳에서부터 뜨거운 무언가가 울컥거리며 솟구쳤다.

"뭐야? 왜 다 울어?"

김두리는 지금 이 상황이 낯설고 당황스러웠다.

그녀가 가족들 얼굴을 하나하나 둘러보다가 결국 자기도 울음을 터뜨리고 말았다.

"다 큰 어른들이 왜 다 울고 그래에… 빚 갚은 날은 좋은 날인데에에에… 흐아아아앙!"

김두리가 대성통곡을 하며 꺼이꺼이 울자, 그때까지 울고 있던 세 사람이 깜짝 놀라 그녀를 바라봤다.

"흐어어어어엉! 흐아아아아아앙!"

목청을 놓고 아이처럼 우는 김두리의 모습은.

"키킥! 두찬아, 네 동생 우는 것 좀 봐라. 저러니까 참 못났
다."

"야야, 여자애가 예쁜 얼굴 그렇게 쓰는 거 아니다. 뚝!"

"진짜 못생겼다, 내 동생."

너무 오버스러워서 참 웃겼다.

"뭐야아아아~! 다 울다가 내가 우니까 왜 웃어어어~! 이씨
이! 흐아아아아앙!"

"웃기니까 그만 울어!"

"크흐흡!"

"아하하하!"

결국 눈물바다가 될 뻔했던 그날 밤은, 김두리의 단독 눈물
잔치와 가족들의 폭소로 끝이 났다.

＊   ＊   ＊

다음 날 아침.

김두찬이 환상서에 접속해 영웅의 노래 게시판을 열어보니
유료 게시판으로 전환이 되어 있었다.

'됐다!'

유료 전환 전 최종 스코어는 즐겨찾기 10만에 평균 조회
수 20만!

대박이 터진 정도가 아니라 전설적으로 기록될 스코어였다.

김두찬은 기존 30화까지는 무료로 남겨두고 첫 유료가 될 31화를 업로드했다.

'유료 전환 첫날이니까 한 화만 올리면 안 되겠지?'

김두찬이 빠른 속도로 글들을 업로드한 뒤 컴퓨터를 끄고 학교 갈 준비를 시작했다.

한편, 유료 전환된 영웅의 노래 게시판을 찾은 독자들은 하나같이 눈을 휘둥그레 떴다.

유료 연재 기념으로 김두찬이 업로드한 분량은 무려 40화까지였다.

유료 연재 첫날, 김두찬은 누구도 하지 못했던 10연참을 해 버렸다.

이것으로 또 다른 전설이 환상서의 역사에 기록되었다.

Liking 53

스승이 제자에게

유료 연재가 시작되고 나서 김두찬의 집필 욕심은 더더욱 커졌다.

그는 늘 그렇듯 학교까지 이동하는 밴 안에서 노트북으로 영웅의 노래를 적어나갔다.

그러는 와중 몇 번씩이나 영웅의 노래 게시판에 접속하고 싶은 것을 겨우 참았다.

현재 성적이 어떤지 궁금했다.

하지만 하루의 끝자락에서 한 번에 확인하기 위해 겨우 자제했다.

김두찬이 자꾸 시선이 가는 스마트폰을 가방에 집어넣고

열심히 집필에만 집중했다.

타타타타타탁!

학교에 거의 도착해 갈 때쯤 선우동에게서 전화가 왔다.

"선우 이사님. 일찍부터 어쩐 일이세요?"

─작가님! 적 전국 배포됐습니다! 곧 작가님 댁으로 증정본 갈 겁니다!

"아, 그래요?"

몽중인의 증정본은 며칠 전에 집으로 배송이 됐다.

해서 오늘 몇 권을 챙겨온 참이었다.

몽중인을 꼭 주고 싶은 사람들이 있었다.

아무튼 생에 두 번째 작품의 출간 소식에 김두찬은 설레임 가득한 미소를 지었다.

"아직 반응이 어떤지는 모르죠?"

─이번 초판은 7,000부 발행했어요!

"네? 5,000부가 아니고요?"

─몽중인이 워낙 잘 팔려서 김 작가님의 이름이 브랜드가 되어버리는 바람에 적을 요구하는 곳이 많아졌지 뭡니까?

"와아, 다행이네요."

─그리고 기쁜 소식이 하나 더 있습니다. 오늘 중으로 몽중인이랑 적, 고료가 입금될 겁니다.

"어? 고료는 익월 지급 아니었어요?"

─사장님께서 그리하라고 지시하셨어요, 작가님. 앞으로

도 작가님께서 출간하는 모든 책들의 기본 보장 고료는 그 달에 바로 지급해 드릴 예정입니다. 아, 물론 중쇄를 했다거나 E—book 판매를 한 경우에는 익일 정산을 할 수밖에 없지만요.

"사장님께 감사 말씀이라도 드려야겠네요?"

—마침 오늘 저녁이 작가님 출판 기념회니 그 자리에서 뵙고 인사드리면 좋을 것 같습니다.

"네. 그럴 생각이었어요. 그나저나 적, 빨리 보고 싶네요."

—기대하세요. 인쇄 아주 잘빠졌습니다. 표지랑 간지, 도비라까지 아주 제대롭니다!

도비라는 책의 본문 앞의 첫 페이지를 뜻하는 출판용 속어다.

—그리고 적의 형진 버전은 전체적인 색감을 붉은색으로, 수지 버전은 파란색으로 했습니다. 커버도 하드 케이스라 간지 작살이에요!

"고마워요. 고생 많으셨어요."

—늘 작가님께서 고생이 많으시죠. 아, 그리고 영웅의 노래 유료 연재 시작하셨더라고요! 환상서와 계약 문제는 잘 체결했으니 매달 말일 날 작가님 통장으로 고료 입금될 겁니다! 우리 쪽에서 진행하는 이북 판매 수익은 익월에 입금될 거고요.

"역시 선우 이사님 믿고 아띠 출판사와 계약하길 잘했네요."

─저희가 늘 감사할 따름입니다. 그런데 지금 연재 성적 보셨어요?

그리 묻는 선우동의 목소리가 조심스러워졌다.

"네? 아니요. 나중에 볼 생각으로 참고 있어요. 무슨 문제라도 생겼는지……?"

그러자 선우동이 황급히 대답했다.

─아, 그러십니까? 어… 그럼 직접 확인해 보시는 게 낫겠네요. 아, 작가님. 지금 회의 들어가야 해서 이만 끊겠습니다. 건필하십시오!

선우동과의 통화가 끝나고 난 뒤 김두찬은 얼른 스마트폰을 꺼냈다.

그러고서는 당장 환상서에 접속하려다 고개를 절레절레 저었다.

'참자. 하루의 마지막에 확인하자.'

만약 성적이 엉망이라면 하루 종일 기분도 엉망일 테니 독주를 미리 마실 필요는 없었다.

*   *   *

학교에 도착한 김두찬은 모든 교수들의 교수실을 찾아가 몽중인을 선물했다.

교수들은 하나같이 김두찬을 대견하게 봤다.

그들의 호감도는 책을 선물 받는 순간 7에서 15까지 상승했다.

자신이 가르친 제자가 학기 중에 어엿한 작가로 등단했으니 그럴 법도 했다.

그것은 곧 교수의 자부심이 될 만한 일이었다.

김두찬은 교수들의 밝은 얼굴을 보며 차 안에서의 찝찝함을 모두 씻어낼 수 있었다.

그는 채수영 교수에게 가장 마지막으로 찾아갔다.

"후우."

교수실 문 앞에서 심호흡을 한 뒤 노크를 했다.

똑똑.

그러자 안에서 무뚝뚝한 음성이 들려왔다.

"있습니다."

김두찬이 천천히 문을 열고 안으로 들어섰다.

"안녕하세요, 교수님."

"두찬이구나."

의자에 앉아 책을 보고 있던 채 교수가 고개를 들었다.

"네."

"앉아라."

김두찬이 소파에 앉자 채 교수도 자리에서 일어나 맞은편 소파로 자리를 옮겼다.

"무슨 일이냐."

여전히 딱딱하고 정감 없는 말투였다.

하지만 그의 호감도 수치는 무려 93이나 됐다.

침착하게 가라앉아 있는 눈동자 속에서도 은은한 애정이 언뜻언뜻 보였다.

김두찬은 자신감을 갖고 책을 건넸다.

그걸 받아든 채 교수가 한동안 표지를 지그시 바라봤다.

그다지 넓지 않은 공간에 묘한 긴장감이 감돌았다.

채 교수의 투박한 손이 몽중인이라는 글자를 천천히 쓸다가 김두찬의 이름에서 멈췄다.

그가 고개를 시선을 들어 올리며 말했다.

"헛수고를 했구나."

"네?"

김두찬의 가슴이 덜컥 내려앉았다.

그런데 채 교수가 묘한 미소를 머금고서 자신의 책장을 가리켰다.

김두찬의 시선이 책장으로 향했다.

거기엔 가장 잘 보이는 곳에 몽중인이 꽂혀 있었다.

그것도 한 권이 아니라 20권이나.

책장의 한 줄을 몽중인이 아예 전부 차지하고 있었다.

"교수님……."

"내가 가치 있는 사람들을 만날 때마다 네 책을 한 권씩 선물해 줄 생각이다."

말인 즉, 김두찬의 책이 채 교수에게는 그만큼 가치 있다는 말이었다.

김두찬은 감동과 숙연함이 동시에 몰려오는 기이한 체험을 했다.

"제자가 책을 냈는데 공짜로 받아서야 진정 교수라 할 수 있겠냐."

말을 하며 채 교수가 책장을 열어 책 한 권을 빼왔다.

그러고서는 김두찬에게 물었다.

"가져온 책에 사인 같은 거 했느냐?"

"아니요. 제가 사인이 없어서……."

"그럼 지금 해봐라. 여기다가."

채 교수는 자신이 산 책을 들이밀었다.

김두찬이 그것을 받아 첫 장을 열었다.

"펜은 있고?"

"아, 네."

김두찬이 가방에서 펜을 꺼내서는 선뜻 사인을 하지 못하고 한참을 망설였다.

그러자 채 교수가 좀체 들을 수 없는 부드러운 투로 말했다.

"사인 별거 없다. 그냥 네 이름 석 자 적으면 돼. 멋 내지 않아도 괜찮아. 네 손으로 네가 직접 네 이름을 적어주는 것. 네 이름을 담아 책을 주는 것. 사인은 그런 의미다. 이 책에

네 손으로 적어 넣은 네 이름이 담기는 거야. 그것은 가히 돈으로 가늠할 수 없을 만큼 값진 것이지."

"교수님……."

"이제 적어보거라."

"네."

김두찬이 심호흡을 하고 그의 이름을 한 자 한 자 똑바로 적었다.

그 밑에 오늘 날짜를 적었다.

이어 'Dear. 채 교수님께'라는 글귀를 쓴 뒤 짧게 한 줄을 추가했다.

책을 돌려받아 사인과 코멘트를 읽은 채 교수의 얼굴에 희미하지만 미소가 번졌다.

'저게 백만 불짜리 미소.'

좀처럼 채 교수가 미소를 보이는 경우는 없었다.

그래서 학교 사람들은 채 교수의 미소를 백만 불짜리 미소라고 불렀다.

"잘 읽으마."

"부끄럽습니다."

평소와 영 딴판인 채 교수의 모습에 김두찬은 얼굴을 붉히고서 고개를 숙였다.

그런 그의 어깨에 채 교수가 지그시 손을 올렸다.

김두찬이 놀라서 그를 바라봤다.

그러자 채 교수가 인자한 시선을 던지며 말했다.

"두찬아, 너는 내 제자다. 그런데 지금 이 순간은."

김두찬의 어깨에 올려져 있던 채 교수의 손이 머리로 향했다.

그가 김두찬의 머리를 천천히 쓰다듬었다.

"내가 네 팬이다. 고맙다."

"……!"

김두찬의 가슴에서 울컥하는 감정이 일었다.

그는 할 말을 잃은 채 채 교수의 주름 가득한 얼굴을 하염없이 응시했다.

그때 채 교수의 호감도가 100으로 상승했다.

동시에 그의 정수리에서 솟아오른 빛 무리가 김두찬의 몸 속으로 스며들었다.

[상대방의 가장 뛰어난 능력을 익혔습니다. 보너스 스탯이 추가되었습니다.]

＊　　　　＊　　　　＊

김두찬이 교수실을 나간 뒤, 채 교수는 김두찬의 사인북을 다시 펴보았다.

꾸밈이나 장식 없이 정자로 또박또박 적은 '김두찬' 세 글자가 보기 좋았다.

채 교수의 시선이 그 밑에 달린 코멘트로 향했다.

'감사합니다, 스승님.'

그가 그 문장을 몇 번이고 곱씹어 읽었다.

채 교수의 입가에 절로 미소가 번졌다.

"스승이라……."

*　　　*　　　*

강의실로 돌아온 김두찬은 정신이 멍했다.

그가 오늘 본 채 교수의 모습은 평소의 이미지와 너무 달랐다.

딱딱하고 차갑기 그지없으며 자존심만 센 노교수라는 평가가 일반적이었다.

하지만 김두찬이 방금 느낀 채 교수는 전혀 그런 사람이 아니었다.

겉으로는 어때 보일지 모르나 속으로는 누구보다 학생들을 생각하고 아끼는 사람이라는 이미지가 강했다.

엄하고 차갑게 구는 것도 학생들을 조금 더 강하게 키우기 위한 방편이 아닐까 싶었다.

김두찬의 짐작은 맞았다.

채 교수는 표현에 서툴지만 인색한 사람은 아니었다.

행동이 딱딱하나 마음까지 굳어버린 사람 역시 아니었다.

하지만 그런 진가를 알고 채 교수의 가르침을 올곧이 배워가는 학생은 얼마 없었다.

한참 동안 채 교수에 대해 생각하던 김두찬이 뒤늦게 새로운 능력을 얻었다는 걸 떠올렸다.

'상태창!'

김두찬은 떨리는 마음으로 상태창을 열었다.

과연 채 교수에게 얻은 능력은 뭘까?

두근두근 하면서 상태창을 확인했다.

그러자 패시브 능력에 이전에 없던 새로운 항목이 추가되어 있는게 보였다.

이름: 김두찬

성별: 남

키: 183㎝

몸무게: 70㎏

Passive

…

행운: 0/3,200(A)

문장력: 0/100(F)

'문장력!'

채 교수에게 얻게 된, 그의 가장 뛰어난 능력은 문장력이었다.

김두찬이 작가로 살아가는 데 있어서 꼭 필요한 능력 중 하나였다.

흥미로운 이야기를 재미있게 풀어내는 힘과 문장력은 다른 힘이었다.

지금 김두찬은 이야기 하나만으로는 자타 공인 톱이라 할 수 있는 장르문학 작가다.

한데 여기에 문장력이 더해지면 얼마나 무시무시한 글을 써낼 수 있을지 알 수 없었다.

김두찬이 바로 간접 포인트를 살폈다.

현재까지 쌓인 간접 포인트는 9,400이었다.

'간접 포인트 3,100을 문장력에 투자하겠어!'

김두찬이 망설임 없이 간접 포인트를 한 번에 때려 넣었다.

그러자 시스템 메시지가 주르륵 나타났다.

[문장력의 랭크가 E로 업그레이드됐습니다. 랭크 업 특전이 주어집니다. 알고 있는 어휘를 100% 활용할 수 있습니다.]

[문장력의 랭크가 D로 업그레이드됐습니다. 랭크 업 특전이 주어집니다. 쓸데없는 묘사와 미사여구를 사용하지 않게 됩니다.]

[문장력의 랭크가 C로 업그레이드됐습니다. 랭크 업 특전이

주어집니다. 간결한 문장으로 장황한 상황이나 복잡한 심리 묘사들을 설명할 수 있게 됩니다.]

[문장력의 랭크가 B로 업그레이드됐습니다. 랭크 업 특전이 주어집니다. 어떠한 장르의 글을 써도 거기에 걸맞은 문장을 구사할 수 있게 됩니다.]

[문장력의 랭크가 A로 업그레이드됐습니다. 랭크 업 특전이 주어집니다. 전하고 싶은 모든 감정을 글로 전할 수 있게 됩니다.]

'대박이다……'

김두찬은 각 랭크의 특전들을 살피고 입이 쩍 벌어졌다.

하나같이 그에게 진정으로 필요한 것들이었다.

그때 첫 강의가 시작되고 채 교수가 들어왔다.

강의실에 들어온 그는 평소와 다름없이 굳은 얼굴에 딱딱한 분위기로 강의를 시작했다.

하지만 김두찬에게만은 그 모습조차 한없이 자애로웠다.

스승이 제자에게 많은 것을 내어준 날이었다.

Liking 54
하루에 1억

월요일의 모든 강의가 끝났다.

학교에서의 일상은 두 가지를 빼면 다른 날과 크게 다를 것이 없었다.

하나는 강의실에 들어서는 교수님들의 김두찬을 보는 시선이 더 그윽해졌다는 것.

다른 하나는 주로미는 오늘도 김두찬 일행과 함께 식사를 하지 않았다는 것이다.

그녀는 어느 순간부터 유난히 겉도는 것 같았다.

그게 제법 신경 쓰이는 김두찬이었지만 개인적인 사정이 있겠거니 생각하고 넘겼다.

김두찬을 태운 밴은 아띠 출판사를 향해 열심히 달리는 중이었다.

아띠 출판사는 부천에 있다.

퇴근 시간의 서울은 제법 길이 막혔지만, 약속 시간인 7시 전에는 충분히 도착할 수 있을 것 같았다.

그사이에도 김두찬은 차 안에서 집필 작업을 멈추지 않았다.

그러는 와중 김태영에게서 연락이 왔다.

"네, 김 대표님. 시나리오 읽어보셨어요?"

—네. 방금 다 읽어보고 회사 내부 회의도 거쳤습니다. 정 사장님께도 개인 감상과 함께 원고 넘겨 드렸습니다.

"어떠셨어요?"

김태영의 평가를 묻는 김두찬의 가슴이 살짝 떨렸다.

아무리 자신 있는 글을 집필했다고 해도 타인의 평가를 듣는 시간은 언제나 약간의 긴장이 들곤 했다.

다행스럽게도 스마트폰 넘어 들려오는 김태영의 음성이 밝았다.

—한마디로 완벽합니다. 손댈 부분이 하나도 없어요. 우리 회사에서는 내일부터 이 원고로 콘티 작업 들어갈 겁니다. 이틀 만에 새 캐릭 디자인에다 원고 수정까지… 진짜 존경스럽습니다, 김 작가님.

"하하. 다행이네요. 마음에 드셨다니 한시름 놓았어요."

—시나리오 자체는 다로미 캐릭터로 진행했을 때도 원체 훌륭했어요. 다만 캐릭터 교체로 인해서 수정된 버전이 앞뒤가 맞지 않다거나 세계관을 무너뜨리지는 않을까 걱정이었죠. 그런데 제가 괜한 걱정을 했네요. 앞으로는 작가님 실력에 일말의 의심도 않겠습니다. 하하하!

김태영이 기분 좋게 웃었다.

김두찬도 마주 웃어주고서는 서로 마무리 인사를 건넨 뒤 통화가 끝났다.

한데 스마트폰을 내려놓자마자 어디선가 문자가 왔다.

확인해 보니 통장 입출금 내역 서비스 문자였다.

김두찬이 얼른 문자를 확인했다.

동시에 그의 눈이 휘둥그레졌다.

"아이 프로덕션에서… 1억 원 입금?"

정태산이 말했던 1억 원은 플레이 인에서 지급하는 게 아니다.

플레이 인이 아이 프로덕션에게 투자 예산을 지급하면, 거기에서 다시 김두찬에게 입금이 되는 방식이다.

한데 세금 없이 1억이 입금되었다.

세금을 따로 계산하고 1억을 고스란히 보내준 것이다.

아마 그건 정태산의 배려였을 터였다.

김두찬이 당장 김태영에게 감사의 문자를 보낸 뒤, 정태산에게는 직접 전화를 걸어 고마운 마음을 전했다.

짧은 통화가 끝나자마자 또다시 문자가 왔다.

이번에도 입금 관련 문자였다.

아띠 출판사로부터 2,760만 원가량의 거금이 들어왔다.

몽중인과 적—레드, 적—블루 버전의 고료가 세금을 공제하고 들어온 것이다.

게다가 김두찬이 놓친 문자가 하나 더 있었다.

오늘은 5일. 뷰티미닷컴의 월급이 지급되는 날이다. 오전 중에 뷰티미닷컴 측에서 월급 650만 원이 이체되었다는 내용이 있었다.

어제까지만 해도 통장 잔고는 1억 9천이었다.

3억 2천이 통장에 있었는데 부모님께 1억 3천을 빌려주는 바람에 액수가 줄어들었다.

그런데 지금은 다시 3억 2천 410만 원이 됐다.

'돈이 이런 식으로 들어오다니.'

인생 역전을 알기 전까지는 돈을 어떻게 벌어야 하는지도 알지 못했다.

다달이 용돈을 받아 생활했고, 그마저도 아껴 썼다.

그런데 지금은 하루만에 1억이 넘는 돈을 벌었다.

그것도 김두찬이 그렇게 좋아하는 글을 써서 수입을 만들었다.

피팅 모델을 해서 번 돈이나 플레이 인과 계약하면서 들어온 돈과는 느낌이 사뭇 달랐다.

흐뭇하게 미소 짓고 있는 김두찬을 룸미러로 슬쩍 본 장대찬이 물었다.

"무슨 좋은 일 있으세요, 작가님?"

"고료가 들어왔네요."

"오! 축하드립니다! 열심히 일해서 번 돈만큼 값어치 있는 게 또 어디 있겠습니까? 하하하하!"

장대찬이 자기 일인 양 기뻐하며 호탕하게 웃었다.

문득 김두찬은 그런 장대찬이 고마웠다.

모든 매니저가 다 그런 건지는 모르겠으나 장대찬은 항상 김두찬을 진심으로 대했다.

김두찬을 진심으로 아끼고 위해준다는 게 충분히 느껴졌다.

실제로 그의 머리 위에 뜬 호감도는 95였다.

김두찬을 만난 지 얼마 되지도 않았건만 호감도가 빠르게 오르는 중이었다.

"장 매니저님. 잠깐 저기 은행 앞에 세워주시겠어요?"

"네? 아! 알겠습니다! 돈 들어온 날은 부모님께 용돈 드리는 기분이 또 굉장히 좋죠."

장 매니저가 은행 주차장에 밴을 세웠다.

김두찬이 자동인출기로 들어가 5만 원권 70장을 뽑았다.

그리고 네 개의 봉투에 5만 원권을 20장, 20장, 10장, 6장씩 나눠 담았다.

20장이 들어간 봉투 두 개는 부모님께, 6장이 들어간 봉투는 두리에게 줄 용돈이었다.

김두찬은 나머지 돈을 지갑에 넣고 봉투 네 개를 챙겨 다시 벤에 올라탔다.

"다시 출발하겠습니다!"

장대찬이 차를 출발시키려 할 때, 그의 옆으로 흰 봉투 하나가 불쑥 내밀어졌다.

"어? 작가님, 이거… 뭡니까?"

장대찬이 눈을 끔뻑이면서 봉투를 받았다.

열어보니 그 안에 5만 원권 10장이 들어가 있었다.

"작가님! 이거 돈 아닙니까?"

"네. 제가 장 매니저님 드리는 거예요. 며칠 안 됐지만 항상 제 스케줄에 맞춰서 고생해 주시는 게 감사해서요."

"아닙니다, 작가님. 그거야 제가 회사에서 월급 받으니까 당연히 해야 하는 일입니다!"

"그래도 받아주세요. 제 마음이라 생각하시고요."

"이것 참……."

장대찬이 어쩔 줄 모르고 김두찬과 봉투를 번갈아 봤다.

"어서요. 안 받으시면 제가 좀 민망해질 것 같아요. 사실 저도 남한테 이래본 적이 처음이라 지금 굉장히 힘들거든요."

정말 김두찬의 이마에 식은땀이 찔끔 흐르고 있었다.

이를 본 장대찬이 마지못해 봉투를 품 안에 갈무리했다.

"그럼… 감사히 받겠습니다, 작가님. 하하, 민망하네요. 제가 뭘 한 게 있다고. 그럼 진짜로 출발하겠습니다! 목적지까지 편안히 모시겠습니다!"

장대찬이 힘차게 소리쳤다.

"네, 부탁드려요."

그때였다.

장대찬의 호감도가 100을 찍었다.

그의 정수리에서 빛이 흘러나와 김두찬에게 들어왔다.

[상대방의 가장 뛰어난 능력을 익혔습니다. 보너스 스탯이 추가되었습니다.]

'어라.'

김두찬이 얼른 상태창을 열었다.

장대찬에게서 얻은 능력은 '운전'이었다.

매니저다운 능력이었다.

김두찬은 장대찬의 호감도가 100까지 오를 줄은 몰랐다.

그런 계산은 전혀 없이 오로지 진심이 담긴 호의를 베푼 것이었기 때문이다.

사실 처음 인생 역전에 접속했을 때는 사람들의 호감도를 올리는 데만 급급했었다.

그래서 그가 남들에게 도움이 되고자 했던 모든 행동은 순수하다고 볼 수 없었다.

보너스 포인트를 얻겠다는 목적의식이 더 강했기 때문이다.

그런데 어느 순간부터 그는 순수한 호의로 사람들을 대하고 있었다.

재미있는 건, 오히려 그렇게 행동했을 때 상대방의 호감도가 더욱 크게 오른다는 것이었다.

'사람을 대함에 있어서 무엇보다 중요한 건 계산하지 않는 마음. 그리고 진심… 그런 거라는 말이겠지.'

김두찬의 내면은 계속해서 성숙하는 중이었다.

그의 생각을 읽은 로나가 조용히 홀로 미소 지었다.

그녀가 진정 원하는 방향으로 김두찬은 한 걸음 한 걸음 걸어나가고 있었다.

*　　　*　　　*

아띠 출판사는 작은 갈빗집 하나를 통째로 빌렸다.

아띠 출판사의 모든 부서 직원들을 합하면 그 수가 80이다.

때문에 전체 회식을 하려면 아예 식당 하나를 전부 빌리는 것이 다른 손님들에게 민폐를 주지 않는 방법이었다.

이미 출판사 전 직원들은 7시가 되기 전 모두 갈빗집으로 내려와 자리를 잡았다.

그들은 두런두런 모여 앉아 김두찬을 기다리면서 시간을

보냈다.

그 안에서도 특히 목 빠지게 김두찬을 보고 싶어 하는 사람이 있었으니 출판사 사장 '민중식'이었다.

아버지의 뒤를 이어 벌써 13년째 출판사를 이끌어가고 있는 민중식은 바르고 능력 있는 사람이었다.

아울러 공명정대하기로 유명했다.

그는 묵묵히 자기 일을 하는 능력 있는 사원과 입만 살아 아첨하는 자들을 귀신같이 판별했다.

아울러 회사에 이상한 파벌이 만들어지는 걸 무엇보다 경계했다.

해서 아띠 출판사는 열심히 일하는 사람에게 그만큼의 보상이 돌아가는 회사로 자리 잡을 수 있었다.

민중식이 시계를 살폈다.

6시 55분이었다.

그의 옆에 앉아 있던 선우동이 김두찬에게 어디쯤이냐고 문자를 보냈다.

―거의 다 왔습니다!

김두찬에게서는 바로 답장이 돌아왔다.

"작가님 거의 다 오셨답니다."

선우동이 김두찬을 기다리는 민중식을 비롯, 모든 출판사 직원들이 들을 수 있도록 소리쳤다.

갈빗집은 경계가 없는 커다란 마루에 테이블이 놓여 있어서, 좌식으로 앉아 구워 먹을 수 있는 형태였다.

때문에 모든 사람들이 고개만 돌리면 갈빗집 입구를 확인하는 게 가능했다.

선우동의 말에 직원들이 식당 입구를 힐끔거렸다.

사실 그들 역시도 김두찬의 실물이 궁금하기는 했다.

그를 직접 보고 온 선우동은 현대의 기술로 그 미모를 담기란 불가능하다고 칭찬을 했었다.

하지만 단순히 입에 발린 말일 수도 있었다.

텔레비전이나 SNS를 통해 접한 얼굴도 상당한 미남이었다.

어지간한 연예인은 명함도 내밀지 못할 만큼 완벽했다.

그런데 실물은 더하다니?

선우동이 괜한 말을 할 사람은 아니지만 조금 오버한 감이 없잖아 있는 것 같다고, 직원들은 생각했다.

그래서 김두찬을 직접 볼 수 있는 오늘을 손꼽아 기다렸다.

시간이 조금 더 흐르고 7시 정각이 되기 1분 전.

딸랑.

식당 문이 열리며 위에 달려 있던 종이 맑은 소리를 울렸다.

그에 민중식을 필두로 모든 사람들의 시선이 일제히 식당 입구로 향했다.

그곳엔 보는 것만으로도 멍해질 만큼 치명적인 미모를 가진 남자가 안으로 들어서고 있었다.

그들이 그토록 기다리던 김두찬이었다.

'세상에……'

'선우 이사님 말이 사실이었어.'

'사람 맞아?'

'아… 난 오늘 나대지 말고 찌그러져 있어야지.'

'양민 학살하는 얼굴이네.'

'작가님, 세상 혼자 사시네요.'

선우동의 말이 진실이었음이 밝혀지는 순간이었다.

김두찬이 신발을 벗고 마루로 올라섰다. 그러고서는 뜨겁게 쏟아지는 시선에 어색한 미소를 머금고 인사했다.

"아띠 출판사 임직원 여러분이시죠? 안녕하세요, 김두찬입니다. 처음 뵙겠습니다."

"작가님 오셨습니다! 박수!"

김두찬이 인사를 하자 그의 미모에 유일하게 적응된 선우동이 소리쳤다.

그에 넋을 놓고 있던 직원들이 겨우 정신을 차리고서 박수와 함께 인사를 건넸다.

"안녕하세요, 작가님~"

"작가님, 처음 뵙겠습니다! 영업 2팀 막내 22살, 홍진오라고 합니다!"

"말씀 많이 들었어요, 김 작가님. 진짜 미남이시네요."

김두찬이 한 명, 한 명에게 일일이 고개 숙여 인사하고 있자니 선우동이 다가와 그의 팔을 끌었다.

"작가님께서는 저랑 같은 자리에 앉으시면 됩니다."

"아, 네."

선우동은 김두찬을 민중식의 맞은편 자리로 안내했다.

그러자 민중식이 천천히 몸을 일으켜 김두찬에게 악수를 청했다.

"반가워요, 김두찬 작가님. 나, 아띠 출판사 사장 민중식이라고 합니다."

"아! 사장님이시군요. 반갑습니다. 김두찬입니다."

김두찬이 활짝 웃으며 민중식의 손을 맞잡았다.

두 사람이 가볍게 손을 흔든 뒤 자리에 앉았다.

"선우 이사님께 말씀 많이 들었어요. 그리고 개인적으로 신경 더 써주신 것도 감사합니다. 꼭 얼굴 뵙고 말씀드리고 싶었어요."

"내가 더 감사해야죠. 김 작가님이 우리 출판사 배불려 주고 있으니 그 정도 성의는 보여야 하지 않겠어요? 한데… 실물로 보니 정말이지 말문이 턱 막힐 정도로 잘생겼네요."

그렇게 말하는 민중식의 호감도는 87이었다.

아울러 식당 내의 직원들이 호감도 대부분 30 이상이었다.

게다가 계속해서 그들의 호감도는 올라가고 있는 중이었다.

"좋게 봐주서서 감사합니다."

김두찬이 계속해서 나타나는 시스템 메시지를 감춰 버리고서 말했다.

"자자, 그럼 이 자리의 주인공도 왔으니 다들 건배합시다!"

선우동이 나서서 술잔에 잔을 채우고 높이 들어 올렸다.

그러자 다른 직원들과 민중식, 김두찬도 술잔을 들었다.

"사장님. 건배 제의하시죠."

민중식은 김두찬을 지그시 바라보며 입을 열었다.

"우리 김 작가의 첫 작품, 몽중인의 계속된 건승과 오늘 출판된 차기작 적의 돌풍, 그리고 유료 연재의 계속된 쾌조를 위하여!"

"위하여!"

사람들이 건배를 하고 잔을 비웠다.

김두찬도 잔을 비우고서 물로 입을 헹궜다.

여전히 소주는 그를 취하지 못하게 했으나 썼다.

그런 김두찬에게 선우동이 물었다.

"작가님, 혹시 연재 게시판 확인하셨어요?"

"아직 못 했어요."

"그럼 어서 확인해 보세요."

선우동의 말에 민중식도 그러라는 듯 웃으며 고개를 주억거렸다.

김두찬이 스마트폰을 꺼내 환상서에 접속했다.

그러자 시끌벅적하던 주변이 일제히 조용해졌다.

모두의 이목이 김두찬에게 집중되었다.

이미 다른 사람들은 성적을 알고 있었기에 김두찬이 어떤 반응을 보일지 궁금했다.

김두찬은 마른침을 삼키고서 영웅의 노래 게시판을 터치했다.

그러자 게시판이 열렸다.

김두찬의 시선이 유료 연재에 들어간 31화부터 40화까지의 조회 수를 살폈다.

그런데.

'일십백천만… 시, 십만?!'

유료 연재 편당 평균 조회 수가 10만이었다.

조회 수 1당 100원이니까 10만이면 1,000만 원이다.

게다가 10연참을 했으니 1억.

그걸 사이트와 7 대 3으로 나눈다고 해도 김두찬에게 떨어지는 순수익은 7천만 원이 된다.

단 하루였다.

유료 연재를 시작한 지 단 하루 만에 김두찬은 7천만 원을 벌었다.

"맙소사……."

김두찬의 입으로 저도 모를 감탄이 흘러나왔다.

하루 연재한 것만으로 7천만 원이라니?

물론 10연참을 했다고 하지만 그래도 대단한 결과였다.

게다가 영웅의 노래는 유료로 전환했음에도 불구하고 즐겨찾기 수가 지속적으로 늘어나는 중이었다.

여태껏 연재되었던 다른 소설들과는 완전히 다른 양상을 보이고 있었다.

김두찬의 반응을 살피던 민중식이 박수를 쳤다.

짝짝짝!

"축하해요, 김 작가. 유료 연재도 대박이 났어요. 종이책보다 오히려 그쪽에서 더 폭발적인 성적이 나왔네요."

"저는… 이렇게까지 잘될 거라고 생각을 못 했어요."

"조금 더 본인의 글에 자신감을 가져요. 김 작가는 현존하는 장르 작가들 중 최고예요. 난 몇 년 전부터 장르 시장을 유심히 관찰했어요. 그 바닥이 뭔가 터져도 제대로 터질 날이 올 것이라는 판단에서였지요. 내 생각대로 판은 점점 커져갔고, 일반 문학을 집필하는 사람들 입장에서도 제법 쓴다는 작가들이 나타나기 시작했어요. 그중 으뜸이라고 할 수 있는 작가가 바로 서태휘였죠."

서태휘.

그 이름이 민중식의 입을 통해 나오자 김두찬은 내심 반가웠다.

'역시 채소다 누나. 이 바닥에서도 알아주는구나.'

민중식의 말은 계속 이어졌다.

"한데 우리 쪽에서 손을 내밀기엔 조금 아쉬운 면이 없잖아 있었어요. 조금만 더 성장해 주면 장르성을 가미한 일반 문학으로 글을 내도 좋았을 텐데, 그 약간의 갭이 메워지지 않았죠. 그러던 와중 혜성처럼 김 작가가 등장한 거예요."

"그랬군요."

"저는 기본적으로 사업가이지만 돈보다는 사람을 봅니다. 그리고 은혜받은 만큼 베풀 줄도 알아요. 지금 내가 내 입으로 내뱉은 말이 겪어보는 동안 진심이라 느껴지면, 그때에도 잘 부탁드리겠습니다, 김 작가님."

민중식이 가볍게 고개를 숙였다.

그에 김두찬이 당황해서 같이 고개를 숙였다.

"자, 그럼 무거운 얘기는 이쯤하고 즐기도록 하시죠. 선우 이사님."

"네."

"김 작가님께 직원분들 소개 부탁드릴게요."

"알겠습니다, 사장님. 김 작가님, 우선 오른쪽에 앉으신 분은……."

이후로는 시끌벅적한 술자리가 이어졌다.

김두찬도 분위기에 휩쓸려 무거운 생각은 잊어버리고 즐겁게 그 순간을 만끽했다.

*   *   *

술자리는 2차, 3차까지 이어져 어느새 자정이 넘어 있었다.

김두찬은 이미 1차가 끝나갈 때쯤 장대찬에게 기다리지 말고 집에 돌아가시라 일렀다.

하지만 장대찬은 절대 그럴 수 없다며 김두찬을 기다리겠다고 했다.

아무리 보내려고 해봐도 그의 고집을 꺾을 수는 없었다.

결국 김두찬이 두 손을 들어버렸다.

그래도 피곤하면 먼저 가라는 말을 남기고서 김두찬은 계속된 술자리를 즐겼다.

3차에는 3분의 2 정도나 되는 인원이 빠졌다.

남은 사람들은 호프집으로 향했고, 거기에서 김두찬은 여사원들에게 포위되다시피 했다.

이미 술도 얼큰히 들어갔겠다, 여사원들은 조금 대담하게 김두찬과 같은 테이블을 사수했다.

그리고 궁금했던 것들을 다퉈가며 질문했다.

"근데 정말 궁금해요. 어떻게 하면 글을 그렇게 빨리 써요? 미리 써놓은 원고 있는 거 아니에요?"

"작가님은 주로 어디에서 아이디어를 얻으세요?"

"작가님, 운동하셨어요? 근육 좀 봐."

모든 여자들의 관심이 김두찬에게 쏠리는 바람에 상대적으로 남자 사원들을 찬밥 신세가 됐다.

그들은 죄다 민중식의 테이블에 모여 앉아 있었다.

하지만 그렇다고 김두찬에게 안 좋은 시선을 던지는 이는 한 명도 없었다.

다들 흐뭇하게 김두찬을 바라보거나 자기들끼리 모여 대화에 열을 올렸다.

민중식의 눈에도 김두찬은 그저 예뻐 보였다.

그것은 단순히 외모가 빼어난 것 때문만은 아니었다.

만약 그게 전부였다면 오히려 부담스러웠을지 모른다.

한데 김두찬은 외모와 달리 수더분하고 인간적인 사람이었다.

보통 저 정도로 잘생기면 대부분 얼굴값을 하게 마련이다.

본인의 의지와는 상관없이 주변 사람들이 떠받들어 주기 때문이다.

하지만 김두찬에게는 전혀 그런 모습이 보이지 않았다.

자신의 잘났다는 걸 조금도 인지 못 하는 사람처럼 말이다.

오히려 어떻게든 상대방을 편하게 해주기 위해 노력하고 있었다.

그건 다 김두찬이 본래는 그런 모습이 아니었기에 가능한 일이었다.

외적인 모든 것들이 전과 비교할 수 없을 만큼 변했다고 해도, 20년 인생을 안여돼로 살아왔던 그였다.

그것이 김두찬을 주변의 반응에 휩쓸려 거만해지지 않도록 도와주고 있었다.

민중식에겐 그런 김두찬이라는 존재가 마냥 신선했다.

*　　　　*　　　　*

3차 자리도 마무리되어 갈 무렵.

김두찬은 잠시 화장실에 가는 길에 상태창을 열었다. 그리고 직접 포인트를 확인했다.

'3,324. 됐다!'

또 하나의 능력을 S랭크로 만들 수 있게 됐다.

지금 김두찬에게 가장 도움이 되는 능력은 두 가지였다.

문장력과 행운.

글에 대한 욕심만 가지고 보자면 문장력을 올리는 게 맞다.

하지만 행운은 김두찬의 인생 전반적으로 영향을 미친다.

때문에 김두찬은 행운을 S랭크로 만들기로 마음먹었다.

'직접 포인트 3,200을 행운에 투자하겠어.'

그러자 행운의 랭크가 업그레이드되며 시스템 메시지가 나타났다.

[행운의 랭크가 S로 업그레이드됐습니다. 랭크 업 특전이 주어집니다. 행운이 A랭크보다 30% 증가합니다. '대길(大吉)'을 얻

게 됩니다.]

'대길?'

한자만으로 해석해 보자면 운이 매우 좋다는 뜻이다.

김두찬이 대길에 대해 자세히 살펴봤다.

[대길: 능력 사용 시, 5초 동안 행운이 200% 증가합니다. 능력은 일주일에 한 번 사용 가능하며 매주 일요일 자정에 초기화됩니다.]

'이것도 어마어마한 능력이잖아.'

기본적으로 행운이 A랭크보다 30%나 올랐다는 것 자체가 엄청난 특전이었다.

한데 거기다 일주일에 한 번 사용 가능한 대길이란 능력까지 얻었다.

물론 사용 시간이 5초라는 게 아쉽지만 잘만 활용하면 분명 크게 도움 되는 일이 있지 않을까 싶었다.

김두찬이 볼일을 보고 화장실에서 나왔다.

한데 테이블이 전보다 시끌벅적했다.

원인은 선우동에게 있었다.

그가 김두찬을 발견하자 반갑게 다가와 즉석 복권 한 장을 건넸다.

"자~ 이건 우리 김 작가님 거! 제가 기 꽉꽉 넣었습니다! 하하하하!"

선우동은 이미 3차 시작 때부터 제법 취해 있었다.

하지만 이렇다 할 주사를 부리지 않았다.

그런데 이게 바로 그의 주사였다.

"또 시작이다, 이사님."

"김 작가님이 이해하세요. 우리 이사님, 술만 취하면 즉석 복권 사서 돌려요."

"근데 알아주는 꽝손이시라 당첨되는 걸 가져온 적이 없어요."

"4년 동안 가장 큰 금액 당첨된 게 만 원이었지? 그때 이 팀장님이 만 원 당첨되고 회식비 쏘셨잖아. 감격해서."

"맞아."

사람들이 선우동의 주사와 관련된 얘기들을 늘어놓으며 즐거워했다.

"그럼 어디 한번 긁어볼까?"

민중식이 주머니에서 오백 원짜리 동전을 꺼냈다.

그는 선우동의 이런 주사를 귀엽게 봐줬다.

"에이, 난 꽝이네."

민중식이 복권을 팔랑팔랑 흔들었다.

그러자 여기저기서 복권을 긁어대기 시작했다.

그런데 놀랍게도 누구 하나 당첨된 사람이 없었다.

그 흔한 500원짜리 당첨자도 나오지 않았다.

모두의 복권이 휴지 조각으로 변했다.

이제 남은 건 김두찬뿐이었다.

김두찬도 과거에 몇 번 심심풀이로 즉석 복권을 사봤던 적이 있었다.

하지만 늘 꽝이었다.

그래서 별 기대 없이 동전 하나를 꺼내 위 칸을 긁었다.

행운의 번호는 7. 당첨금은 1백만 원이었다.

김두찬이 밑 부분을 슥슥 긁어나갔다.

번호 세 개가 차례대로 떴다.

5, 1, 9.

7은 나오지 않았고, 마지막 번호 하나만이 남은 상황이었다.

그때 문득 이런 생각이 들었다.

'대길… 한번 사용해 봐?'

한데 가만히 따져보니 애초에 즉석 복권을 살 때 대길의 능력을 사용해야 되는 게 아닌가 싶었다.

이건 지금 선우동이 임의대로 사온 복권이다.

때문에 그 안에 당첨되는 복권이 없다면 대길의 힘을 사용해도 말짱 꽝이었다.

'그냥 긁자.'

김두찬이 능력을 사용하지 않고 마지막 한 자리를 긁어 확인했다.

그런데.

'어?'

그의 눈앞에 드러난 숫자는 7이었다.

당첨이었다.

백만 원짜리 복권이 당첨된 것이다.

'이게 어떻게 된 거야?'

당황하는 김두찬의 머릿속에서 로나의 의지가 들려왔다.

─이미 선우동 님께서 복권을 사러 갔을 때부터 두찬 님의 행운이 영향력을 발휘한 거랍니다.

'뭐?'

─그게 S급 행운의 힘이랍니다.

정말이지 어마어마한 능력이었다.

아무것도 하지 않았는데 그 자리에서 백만 원을 벌어들이게 해주다니!

─하지만 복권을 긁을 때마다 그런 행운을 가져다주는 건 아니랍니다. 당첨될 확률을 높여줄 뿐이고 이번 건 한마디로 운이 좋았다고 할 수 있어요. 괜히 복권에 가진 돈 전부 탕진하고 패가망신하는 일 없도록 주의하세요.

로나의 충고를 들으며 김두찬이 속으로 그러지 않겠다고 다짐했다.

애초에 그의 성정 자체가 이런 도박을 좋아하지 않는다.

이번 건 그냥 딱 한 번 흘러 지나가는 단발성 유희일 뿐이었다.

"아아, 결국 전부 꽝이네."

"이럴 걸 알면서도 늘 기대하게 된다니까."

출판사 직원들이 투덜거리며 복권을 버렸다.

그때 김두찬이 조심스레 손을 들어 올렸다.

"저……."

모두의 시선이 김두찬에게 집중됐다.

김두찬이 사람들을 둘러보며 입을 열었다.

"저 당첨됐어요."

"와! 정말요? 얼마요? 오백 원? 천 원?"

"표정 보니까 만 원 정도는 되신 것 같은데요?"

김두찬이 복권을 사람들에게 보여주었다.

"백만 원이요."

"……!"

"…방금 얼마라고?"

"배, 백만 원이요?!"

사람들의 눈이 휘둥그레졌다.

선우동은 아예 딸꾹질을 하는 중이었다.

"네. 3차 술값… 제가 계산할게요."

"이게 바로 현실 될놈될……."

누군가의 입에서 작은 탄성이 흘러나왔다.

＊　　　＊　　　＊

즐거웠던 출간 기념회가 끝이 났다.

3차에서 자리를 마무리하고 헤어지기 전, 민중식이 김두찬에게 제안을 하나 했다.

"김 작가. 혹시 작가 사인회 같은 거 한번 열 생각 없어요?"

"작가 사인회요?"

"몽중인은 잘나가고 있지, 유료 연재는 초대박이 났으니까. 적 출간 기념해서 작가 사인회를 열면 판매 부수에도 적잖은 영향이 갈 것 같아서 말이에요."

작가 사인회!

김두찬은 지금까지 언감생심 작가가 되었다는 사실만으로도 하루하루가 벅차서 그런 건 생각도 해보지 못했었다.

'작가 사인회라니… 꿈이라면 깨지 말아라.'

김두찬에게는 정말로 꿈만 같은 일이었다.

자신의 책을 구매한 사람들에게 직접 사인을 해주는 일이란, 생각만 해도 구름 위를 걷는 듯한 기분이었다.

"아아, 물론 바쁘면 어쩔 수 없고. 무리하지 않는 선에서 시간이 된다면 부탁을……."

"할게요!"

민중식의 말이 다 끝나기도 전에 김두찬이 대답했다.

"응? 한다고요?"

"네. 어떻게든 시간 내서 사인회 하고 싶어요."

아이처럼 설레 하는 김두찬을 보며 민중식이 빙그레 웃었다.

"이렇게 좋아할 줄 알았으면 미리 얘기할 걸 그랬네요. 허허허. 그럼 우리 쪽에서 행사 기획이랑 일정 짜보고 선우 이사 편으로 연락드리도록 할게요."

"네! 감사합니다, 사장님."

"아무튼 오늘 즐거웠어요. 조심해서 들어가도록 해요."

"작가님, 조심해서 들어가십시오."

"들어가세요, 작가님~! 다음에 또 봬요!"

김두찬은 많은 사람들의 배웅을 받으며 밴에 올랐다.

장대찬은 늦은 시간임에도 피곤한 기색 하나 없이 차를 몰아 집으로 향했다.

*   *   *

집으로 돌아온 김두찬은 컴퓨터를 켜고 영웅의 노래 게시판을 열었다.

그리고 조회 수를 확인해 봤다.

몇 시간 새 조회 수는 또다시 올라 있었다.

편당 조회 수가 10만에서 15만으로 바뀌었다.

김두찬이 빠르게 계산을 해봤다.

편당 1,500에 열 편이니까 1억 5천.

그중에 7을 김두찬이 먹는다고 하면…….

"그래도 1억이 넘어……."

김두찬은 모니터에 시선을 고정한 채 석상처럼 굳어버렸다.

유료 연재 첫날, 하루 동안 그는 1억이라는 돈을 벌었다.

그의 모든 행보가 환상서의 전설이 되고 있었다.

Liking 55
천재 청년 문학가들

6월 6일, 화요일.

이날은 현충일인지라 전체 휴강이었다.

덕분에 김두찬은 집필할 시간을 넉넉히 벌 수 있었다.

그는 아침에 눈을 뜨자마자 영웅의 노래 게시판을 열었다.

김두찬은 어제 집에 와서 다시 10연참을 했다.

이틀 연속 10연참으로 인해 현재 연재 편수는 총 50화였다.

어제 올렸던 글들도 밤사이 조회 수가 7만까지 올라 있었다.

그 전날 올린 10화분은 평균 조회 수 15만이었던 것이 16만으로 조금 더 상승한 상황이었다.

김두찬은 환상서의 개인 서재 탭을 누른 뒤 판매 현황을 살폈다.

오늘까지 총 매출은 2억 3천이 넘었다.

그중에서 김두찬에게 지급되는 액수는 세금을 떼고 1억 5천 5백 정도였다.

김두찬은 그 사실을 출근하기 전 이른 아침을 먹던 부모님에게 얘기했다.

"뭐라고? 이틀 연재해서 1억 5천?"

"어머나."

김승진과 심현미는 도저히 믿을 수가 없다는 반응이었다.

그에 김두찬이 자신의 방으로 부모님을 모시고 가 컴퓨터로 직접 판매 실적을 보여줬다.

그래도 두 사람은 개운하게 이 사실을 받아들이지 못했다.

"정말로 이 돈을 다 준다는 거니?"

"이거 사이트에서 다 떼먹고 튀고 그러는 거 아니냐?"

돈이라는 것이 얼마나 벌기 힘든 건지 김두찬의 부모님은 절절하게 알고 있었다.

게다가 한 번도 쉽게 돈을 벌어본 일이 없었다.

때문에 지금 이틀 만에 그만한 돈을 벌어들였다는 게 현실적으로 와닿지 않았다.

"저도 얼떨떨해요. 그런데 요새는 시대가 많이 달라졌어요. 작가들이 입에 풀칠하기도 힘들다는 건 전부 옛날 얘기예요."

"이게 정말이라면… 한 달이면 얼마야?"

김승진의 목으로 마른침이 넘어갔다.

심현미가 그런 김승진의 허벅지를 꼬집었다.

"아야! 왜 그래?"

"그런 말 하지 마요, 애 부담 되게. 그리고 저 돈은 두찬이 통장에 들어오기 전까지는 모르는 거예요. 들어온다고 해도 두찬이가 알아서 할 일이지 우리가 왈가왈부할 건 아니고요."

"알지, 나도. 그냥 신기해서 그런 걸 가지고 그렇게 면박을 주나."

김승진이 입맛을 쩝 다셨다.

"출근이나 해요. 아들이 저렇게 열심히 버는데 우리도 더 정신 바짝 차려야죠."

심현미는 김두찬에게 파이팅 하라는 제스처를 취하고서 김승진과 함께 집을 나갔다.

현충일도 없이 열심히 일하시는 부모님의 모습이 멋지면서도 안쓰러운 김두찬이었다.

어지간하면 자신이 빨리 벌어서 두 분 편히 쉬시도록 해주고 싶다는 생각이 들었다.

'방법은 하나뿐이지.'

타타타타타타탁!

김두찬의 손이 다시 움직였다.

*　　　*　　　*

"후우."

손가락에 열기가 오르도록 타자를 두들기던 김두찬이 잠시 숨을 돌렸다.

새벽부터 점심나절까지 쉬지 않고 글을 써나갔다.

평균 30분에 5,000자씩, 1시간이면 2화 연재분의 글이 나왔다.

6시간 동안 김두찬은 무려 12화나 되는 비축분을 뽑아냈다.

이로써 연재된 건 50화, 비축분은 80화까지 만들어졌다.

김두찬이 60화까지의 분량을 새벽 1시 업로드로 예약을 걸어놓았다.

그러고는 인터넷 창을 열어 이런저런 기사들을 읽어나갔다.

예전에는 세상 돌아가는 이야기에 큰 관심이 없던 그였다.

한데 이제는 여러 방면으로 관심을 두려 했다.

지식이나 관심의 편식만큼 글쟁이에게 무서운 건 없다는 걸 글을 쓰면 쓸수록 알게 되었기 때문이다.

아는 부분에 대해서는 얼마든지 이야기를 풀어나갈 수 있다.

그러나 모르는 부분들은 애초에 건드릴 수가 없다.

아는 지식이 많으면 그만큼 이야기도 풍성해지고 말할 수 있는 것도 많아진다.

물론 너무 장황해도 문제지만, 지식이 짧아 빈틈이 드러나는 것보다는 낫다.

몰라서 못하는 것과 알지만 하지 않는 것은 다르다.

그래서 김두찬은 며칠 전부터 여러 가지 사회적 이슈를 살피고 많은 기사들을 탐독했다.

그러던 와중 유독 눈에 들어오는 기사가 하나 있었다.

<주화란 작가, 생활고와 지병 견디지 못하고서 요절 위기. 극적으로 살아났지만 중태에 빠져>

한때는 로맨스 소설계의 뉴웨이브라 불리던 로맨스 작가 주화란(28) 씨가 지난 5일 생활고로 수일째 굶으며 지병과 싸우다가 요절할 뻔한 사실이 알려져 주변을 안타깝게 만들고 있다. 주화란 씨는 20살, 젊은 나이에 로맨스 작가로 데뷔해 그녀만의 개성 있는 작품을 내보이며 로맨스 소설계의 지각 변동을 예고했다. 하지만 그녀의 작품을 계약한 번들 출판사와 이른바 노예 계약을 맺는 바람에 정작 그녀에게 돌아가는 고료는 오십이 넘지 않았다. 이후, 꾸준히 작품 활동을 해왔으나 열악한 집필 환경으로 인해 글도 생기를 잃었고, 독자들에게 외면당한 채 변변한 반응을 이끌어내지 못해…….

"로맨스 작가가… 요절할 뻔했다고?"

기사의 내용을 축약해 보자면 어린 나이에 데뷔한 능력 있는 로맨스 작가가 잘못된 노예 계약으로 인해 인생 말아먹었다는 얘기였다.

사지가 멀쩡했다면 다른 일이라도 했을 테지만 그녀는 지병까지 앓고 있었다고 한다.

김두찬의 입장에서는 다소 충격적인 기사였다.

지금 그와는 전혀 다른 세상을 사는 사람들의 이야기였다.

'이런 사람들도… 많겠지, 분명.'

너무 스스로의 성공에만 도취되어 주변을 둘러보지 못했던 건 아닌가 하는 생각이 들었다.

자신 때문에 주화란이라는 로맨스 작가가 잘못될 뻔한 건 아니지만 입안이 썼다.

김두찬은 기사를 그만 읽고 환상서의 메시지함을 열었다.

읽지 않은 메시지가 무려 231개였다.

하루에도 수십 통의 메시지가 날아들어 이렇게 맘 잡고 읽지 않으면 확인하기가 힘들었다.

게다가 김두찬은 누군가 메시지를 보내면 어떻게든 답장을 해주고 있었다.

때문에 바쁠 때는 메시지함을 열지 않았다.

읽기만 하고 답장을 안 해주면 상대방이 씹혔다는 생각을 할까 봐서였다.

"어디 보자."

김두찬이 메시지를 빠르게 읽어나갔다.

대부분은 팬들이 보내는 응원 메시지였기에 답장을 작성하는 건 어렵지 않았다.

30분간 막힘없이 움직이던 김두찬의 손이 일순간 굳었다.

그의 시선이 어느 유저에게서 온 메시지에 고정되었다.

—김두찬 작가님. 항상 응원하고 있어요. 두서없지만 작가님처럼 잘나가시는 분들께서 저처럼 힘없는 작가들도 글쓰기 좋은 세상을 만들어주셨으면 좋겠어요. 저는 첫 작품을 악덕 출판사와 잘못 계약하는 바람에 팔리는 것만큼 벌지 못했고, 이후로도 5년 동안 노예처럼 묶여 있다 보니 점점 글이라는 것이 어려워졌어요. 즐겁지 않고 힘들고, 아팠어요. 지금은 작가님께서 유료로 전환한 글을 읽은 돈이 없어서 하차해야 할 만큼 상황이 엉망이에요.

그 시점에서 김두찬은 저도 모를 한숨을 쉬었다.

—작가님께서는 모르시겠지만, 저처럼 음지에서 힘들어하고 있는 글쟁이들이 많아요. 물론 그 원인은 재미있는 글을 써내지 못하고, 바보처럼 노예계약에 발목 잡힌 본인들의 잘못이 크지만, 그래도… 정말 염치없게도 조금 더 작가들이 마음 놓고 글을 집필할 수 있는 환경이 되었으면 해요. 제가 너무 무례했다는 걸 잘 알고 있어요. 그럼에도 불구하고 영향력 있는 작가님들께서 발 벗고 나서주셨으면 하는 바람에 이렇게 쪽지 드려요. 무시하셔

도 되고, 답장 안 주셔도 돼요. 혹시 기분 상하게 만들었다면 사과드릴게요.
항상 건강하고 행복한 나날 되세요, 작가님.

김두찬의 눈동자가 쪽지를 보낸 사람의 이름으로 향했다.

"주화란……."

주화란.

지병과 생활고 때문에 요절할 뻔했다던 로맨스 작가의 이름
과 같았다.

쪽지가 온 건 이틀 전, 그러니까 그녀가 큰 위기를 당하기
하루 전이었다.

김두찬은 더 이상 다른 쪽지들을 확인할 수가 없었다.

주화란의 쪽지를 계속해서 곱씹던 김두찬이 당장 인터넷에
그녀의 이름을 검색했다.

그리고 그녀가 출간한 여섯 질의 로맨스 소설들을 이북으
로 일괄 구입해 모조리 읽어나갔다.

*   *   *

"…천재야."

무려 3시간에 걸쳐 그녀의 작품들을 속독으로 읽고 난 뒤
김두찬의 입에서 튀어나온 첫마디였다.

주화란이라는 여인은 천부적인 글솜씨를 갖고 있는 사람이

었다.

그녀의 첫 작품, '로맨스가 없는 하루'는 모든 로맨스의 법칙을 비틀어 버린 글이었다.

그럼에도 불구하고 대단히 재미있었다.

게다가 그녀는 입체적인 캐릭터를 표현해 낼 줄 알았다.

작중에 등장하는 모든 캐릭터들이 한 명 한 명, 살아 숨 쉬는 것 같은 생생함이 느껴졌다.

물론 신인의 첫 작품인지라 어설픈 부분들이 없잖아 있었지만, 크게 거슬리지는 않았다.

문제는 그다음 작품부터였다.

첫 작품에서는 그녀의 장점을 로맨스라는 장르 속에 잘 녹여냈었다.

한데 다음 작품부터는 장점들이 작품 안에 스며들지 못하고 겉돌았다. 그래서 오히려 단점이 되어버렸다.

노예 계약에 대한 정신적 대미지가 컸던 모양이다.

그러나 김두찬은 그 작품들을 읽으며 중간중간 조금만 손대준다면 첫 작품보다 더 뛰어난 글로 탈바꿈하게 되리라는 확신이 들었다.

김두찬이 당장 그녀의 메시지에 답장을 보내려다가 중태에 빠졌다는 기사 내용을 떠올렸다.

그렇다면 답장을 보내봤자 확인 못 할 가능성이 높았다.

'어쩌지?'

잠시 고민하던 김두찬은 결국 키보드를 두들겼다.

기회가 된다면 직접 뵙고 싶다는 내용을 담아 메시지를 보냈다.

이 메시지를 그녀가 확인할 수 있을지 없을지는 모르는 일이다.

하지만 그 이상 김두찬이 뭘 어떻게 해줄 방도가 없었다.

연이 닿는다면 움직일 것이고, 닿지 못한다면 김두찬도 어쩔 수가 없는 일이다.

김두찬은 주화란에게서 다시 연락이 오길 바라며 나머지 메시지들에도 다시 답장을 해나갔다.

*　　　　*　　　　*

오후 일곱 시 반을 조금 넘긴 시간.

김두찬은 밴을 타고 구리 시내로 향하는 중이었다.

세 시간 전.

집에서 한참 집필을 하던 와중 선우동에게 전화가 왔다.

예몽진 감독과 영화 계약 관련 이야기를 하려 하는데 김두찬이 가능한 시간과 장소에 맞추겠다는 얘기였다.

김두찬은 이미 예몽진 감독의 영화를 세 편 정도 봤던 터였다.

그를 알고 나서 찾아본 것이 아니라 알기 전부터 좋아했던 영화였다.

그 정도의 퀄리티와 재미를 뽑아내는 감독이라면 믿을 수 있었다. 때문에 일을 차일피일 미룰 필요는 없었다.

김두찬은 당장 오늘 저녁에 두 분께서 시간이 된다면 뵙자고 말했다.

잠시 후, 선우동은 예몽진 감독에게서 오케이 사인이 떨어졌다고 연락을 취했다.

이후로는 빠르게 약속이 잡혔다.

밤 8시까지 구리 시내의 커다란 카페에서 미팅을 갖기로 했다.

김두찬은 약속 시간 10분 전에 도착했다.

그런데 이미 선우동과 예몽진이 미리 와서 담소를 나누는 중이었다.

김두찬이 자리에 합석하자 서로 간의 안부 인사가 오고 간 뒤, 자연스레 계약에 대한 이야기가 시작됐다.

"플레이 인 측에서는 허락을 했다고 들었습니다. 작가님께서도 긍정적으로 생각하고 계시고, 예 감독님 역시 먼저 러브 콜을 보내실 만큼 작품에 열정을 갖고 계시니 서로 계약 조건에 대한 조율만 잘 하면 될 것 같네요."

선우동이 나서서 상황을 이끌었다.

예몽진은 연신 싱글벙글하는 얼굴로 김두찬을 바라봤다.

"내가 이날을 얼마나 손꼽아 기다렸는지 모릅니다, 김 작가님."

"저도 같은 마음으로 기다렸어요."

"음, 일단 제가 먼저 얘기를 하도록 하지요. 우리 제작사 측에서는 최대한 작가님의 의견과 조건을 반영하기로 얘기가 되었소! 이 예몽진이가 그 정도 끗발은 있습니다."

말인즉, 그만큼 몽중인을 자기가 영화로 만들고 싶다는 뜻이었다.

김두찬이 말도 안 되는 조건을 들이밀지 않는 이상 어려울 것 없이 성사될 계약이었다.

물론 김두찬은 무리한 요구를 할 생각이 없었다.

그렇다고 기존의 시나리오 작가들과 똑같은 조건으로 계약하지는 않을 셈이었다.

그의 머릿속에서 주화란의 메시지가 계속해서 떠올랐다.

생각해 보면 아직도 한국이라는 나라는 글 밥 먹고 사는 사람들에겐 황무지나 다름없는 곳이다.

김두찬의 경우는 매일 이 황금 열매를 수확하고 있었지만, 그건 장르소설에 한정되는 얘기였다.

무엇보다 글쟁이들을 바라보고 대하는 세상의 인식 자체가 박했다.

그래서 그 근본적인 부분을 바꿔 버리고 싶었다.

김두찬이 예몽진의 눈을 보며 진지하게 말했다.

"저작권료와 그 외 세부적인 것들은 차후에 정하기로 해요.

그전에 저는 꼭 계약서에 넣었으면 하는 조항이 있어요."

"그게 뭡니까? 기탄없이 말해보오!"

잠시 생각을 정리한 김두찬의 입이 천천히 열렸다.

"그건……."

그의 말을 듣고 난 예몽진과 선우동의 얼굴에 놀라움이 자리했다.

*   *   *

같은 시간.

고풍스럽고 으리으리한 저택, 그 안의 서재에서 한 사내가 몽중인을 읽고 있었다.

"흠."

몽중인의 마지막 페이지까지 모두 읽고 난 사내는 책을 탁 덮었다. 그의 시선이 표지의 작가 이름에 고정됐다.

"김두찬이라."

사내가 낮게 읊조리며 살짝 내려온 안경을 치켜 올렸다.

안경 너머 보이는 눈빛이 강렬한 빛을 내뿜는 게 예사 인물은 아니었다.

그의 나이 이제 겨우 스물다섯.

그런데 눈빛만큼은 불혹을 넘어선 남자의 그것과 같았다.

사내의 이름은 문정욱.

이미 중학생 때 한국에서 가장 위신 있다 일컬어지는 정상일보 신춘문예에서 당당히 대상을 차지한 천재 문학도다.

이후로 활발한 집필 활동을 벌이며 12질의 문학 소설을 출간했다.

그의 이름을 달고 나온 책들은 상당한 판매고를 보였으며, 그것은 곧 문정욱의 명예를 더욱 드높여 줬다.

될성부른 나무 떡잎부터 알아본다고 했다.

문정욱의 부모님은 둘 다 한국에서 제법 알아주는 시인이자 소설가이며 대학의 교수였다.

그런 두 사람 밑에서 태어난 아들이다 보니 자연스레 같은 길을 걷게 되었다.

그것도 엘리트, 천재 등등의 수식어를 항상 달고 다니면서 말이다.

그런 문정욱에게 요즘 신경 쓰이는 사람이 한 명 있었다.

바로 김두찬이었다.

문정욱은 사실 장르소설에 눈길도 주지 않는 사람이었다.

한데 자신을 작가로 등단시켜 준 정상일보에서 몽중인이라는 글을 극찬하기에 어떤가 싶어 구입해 읽어본 것이다.

처음부터 끝까지, 책을 정독한 뒤 그의 소감은.

"쓰레기야."

간단했다.

문정욱의 손에 들려 있던 책이 바닥에 놓인 쓰레기통으로 들어갔다.

텅.

"그저 흥미 위주의 킬링 타임용이나 다름없는 저따위 글을……."

문정욱은 어쩐지 정상일보에서 신춘문예 대상을 탔던 자신의 명예까지 더러워지는 기분이 들었다.

그가 참을 수 없는 치욕스러움을 자신의 SNS에서 풀어냈다.

—몽중인. 킬링 타임용 지면 낭비 소설. 그 참기 힘든 가벼움의 허망함을 모두가 곧 느끼게 될 것.

문정욱의 글은 곧 수많은 사람들이 공유해 갔다.

그리고 김두찬의 지인들에게도 그 글의 내용이 전해졌다.

*   *   *

예몽진이 김두찬의 입에서 나온 말을 앵무새처럼 반복했다.

"그러니까… 기본적으로 받는 고료 외에 관객 수가 손익분기점을 넘어설 경우 수익의 2퍼센트를 러닝개런티로 달라. 그리고 이 조건을 앞으로 우리 제작사와 계약하게 되는 모든 작가들에게 동일 적용해 달라 이 말이오?"

"네. 아울러 신인 시나리오 작가들의 경우 받게 되는 최저 고료가 얼마죠?"

"흥행성을 보고 투자하는 대중 영화의 경우 보통은 2,000 정도 주고 있소. 하지만 상황에 따라서 몇 백만 받고 떨어지는 경우도 있지요. 물론 우리 회사에서는 한 번도 2,000 밑으로 내려간 적이 없다고 자신하오."

"그렇군요. 앞으로도 죽 그 방침 잘 지켜 나가주셨으면 해요. 그럼, 제가 말씀드린 조건은 기재 가능한지 여쭙고 싶네요."

"흠. 사실 스타 작가가 아닌 이상에야 러닝개런티를 주지는 않아요. 하지만 김 작가님의 글을 영화화한다면 충분히 러닝개런티를 드릴 만하죠. 중요한 건 김 작가님께서는 지금 모든 작가들의 처우를 개선하기 위해 이러한 조건을 제시하는 듯한데요. 그렇지요?"

"그렇습니다."

김두찬은 주화란처럼 안타까운 상황에 처하는 작가들이 조금이라도 줄었으면 하고 바랐다.

하지만 바람만으로는 아무것도 바뀌지 않는다.

해서, 자신이 할 수 있는 부분부터 조금씩 바꿔 나가기로 마음먹었다.

그리고 예몽진이라면 뜻을 함께할 만한 사람이라는 생각이

들었다.

그의 가슴속에서 살아 숨 쉬는 꿈과 열정을 김두찬은 저번 만남에서 절절히 느꼈다.

예몽진은 스타 감독이라 불리지만 장사꾼이 아닌 예술가였다.

그렇다면 한국 작가들의 열악한 상황을 개선해 나가자고 했을 때 외면하지는 않을 것 같았다.

예몽진이 턱수염을 어루만지며 고개를 주억거렸다.

"음… 김 작가님의 뜻 잘 알았어요. 실은 나도 한국의 작가들에 대한 처우와 인식이 개선되어야 한다고 보는 사람 중 한 명이오. 그럼에도 여태껏 크게 신경 쓰지 못했던 것이 사실이지요. 말이 나와서 얘긴데, 어제 여류 작가 한 분이 생활고에 힘들어하다 위험한 순간을 겨우 넘겼다는 기사를 본 참이오."

그러자 선우동이 끼어들었다.

"아, 그 기사 저도 봤습니다. 주화란 씨였죠? 그분 처녀작은 저도 읽어봤었죠. 정말 기가 막히도록 좋은 글이었습니다. 그런데 그렇게 되니… 참 안타까웠습니다."

"네. 사실 작가들에 대한 인식이 바뀌어야 한다는 얘기는 오래전부터 나오고 있었던 화두였소."

예몽진이 가방에서 계약서 세 장과 펜을 꺼냈다.

그러더니 당장 김두찬이 말한 부분을 수기로 작성해 넣었다.

그가 계약서를 김두찬과 선우동에게 내밀며 씩 웃었다.

"한번 바꿔봅시다!"

"저야 감사하죠. 그런데 회사와 상의 없이 이렇게 독단적으로 정해도 되는 건가요?"

김두찬이 혹여 예몽진에게 피해라도 갈까 봐 조심스럽게 물었다.

"내가 그 회사 세운 대표입니다. 직원들도 하나같이 어릴 적부터 살 붙이고 영화 바닥에서 구르던 불알친구 놈들이오. 멤버 중에서는 시나리오 작가도 둘이나 있소. 그래서 내가 작가님들의 고충을 잘 알고 있는 것이기도 하고요. 회사 내부적인 문제는 없을 테고, 있어도 내 알아서 할 터이니, 걱정하지 마세요."

그제야 김두찬의 얼굴에도 미소가 맺혔다.

"어려운 선택해 주셔서 감사합니다, 예 감독님."

"하하하하! 아닙니다. 김 작가님께서 제게 용기를 주셨어요. 자, 도장 찍읍시다!"

김두찬은 예몽진에게 양해를 구하고 한 번 더 계약서의 내용을 검토했다.

이후 세 사람은 각자의 계약서에 도장을 찍었다.

그것으로 몽중인의 영화화 계약은 완료됐다.

*　　　*　　　*

김두찬은 집으로 들어가기 전 구리 시내의 도서관으로 향했다.

시내에 나온 김에 시험해 볼 게 있었다.

그가 자신의 상태창을 살폈다.

'음. 기억력이 C랭크. 지력이 D랭크네.'

지금까지 김두찬은 C랭크의 기억력을 가지고 유용하게 사용했다.

한데 C랭크의 기억력이 한 번에 얼마나 많은 문서를 사진처럼 찍어 담을 수 있는지 시험해 본 적이 없었다.

도서관에 들어선 김두찬이 종이 냄새를 맡으며 소설 코너로 향했다.

그리고 아무 책이나 꺼내 들어 처음부터 끝까지 페이지를 빠르게 넘겼다.

'한 권 정도는 문제가 없네.'

김두찬이 다른 책 한 권을 더 훑어봤다.

거기까지도 괜찮았다.

그의 손이 계속해서 새로운 책들을 꺼냈다가 집어넣기를 반복했다.

그 행동이 멈춘 건 6권째에서였다.

책의 반 정도를 훑던 김두찬이 고개를 절레절레 저었다.

'여기까지. 더 이상은 머릿속에 기억되지가 않아.'

지금 김두찬에게는 최대한 많은 양의 서적을 기억할 수 있는 힘이 필요했다.

오늘까지 적립된 간접 포인트는 7,300.

김두찬이 망설임 없이 기억력의 레벨을 올렸다.

'기억력에 간접 포인트 2,400을 투자하겠어.'

[기억력의 랭크가 B로 업그레이드됐습니다. 랭크 업 특전이 주어집니다. 순간적으로 기억할 수 있는 용량이 C랭크보다 50% 늘어납니다.]

[기억력의 랭크가 A로 업그레이드됐습니다. 랭크 업 특전이 주어집니다. 순간적으로 기억할 수 있는 용량이 B랭크보다 100% 늘어납니다.]

'이거지.'

현재 김두찬이 순간 기억으로 감당할 수 있는 용량이 5권 반. 그중에는 유독 두꺼운 책도 끼어 있었으니 평균적인 소설책 한 권 분량으로 대략 6권 정도라고 보면 됐다.

그렇게 계산했을 때, 현재 그는 한 번에 18권 정도의 분량을 순간 기억하는 게 가능해진 것이다.

'그다음은 지력.'

지력은 김두찬이 순간 기억한 문서들을 단숨에 파악하고 정리해서 정보의 형태로 머릿속에 각인시켜 주는 역할을 하며 하루에 한 번 한정이다.

하지만 그것 역시 기억력처럼 한계는 존재했다.

현재 지력의 랭크는 D, 지력을 활성화시킬 수 있는 시간은 2분이다.

김두찬은 거기에 간접 포인트 2,800을 투자했다.

그러자 지력의 랭크가 A로 업그레이드됐다.

아울러 지력의 사용 지속 시간이 16분으로 연장됐으며, 능력 사용 시의 분석 시간이 D랭크에 비해 20배 정도 빨라졌다.

'됐다. 이제 해보자.'

두 가지 능력을 업그레이드시킨 김두찬은 도서관에 온 목적을 실행하기로 했다.

그가 국어사전과 옥편, 영어 사전, 중국어 사전을 찾아 꺼냈다. 하나같이 제일 두꺼운 것들이었다.

그러고는 책상에 앉아 빠르게 사전을 훑어 넘기기 시작했다.

사전들은 장수가 워낙 많기에 모든 페이지를 다 넘기는 데만도 상당히 시간이 걸렸다.

김두찬은 장장 1시간에 걸려 모든 사전들을 머릿속에 기억해 넣었다.

'더 이상 기억하는 건 무리야.'

이미 시험 삼아 소설 6권 분량을 기억했고, 상대적으로 두꺼운 데다 글자까지 많은 사전을 네 권이나 기억했더니 머리가 가득 찬 것 같은 포만감이 일었다.

김두찬은 거기서 지력의 힘을 사용했다.

그러자 그의 머릿속에 기억된 모든 사전의 단어와 내용들이 분석되어 지식으로 뇌에 스며들었다.

"후아아."

범람하는 지식의 파도에 숨을 크게 내쉰 김두찬이 머리를 휘휘 저었다.

그리고 머릿속으로 지식이라는 단어를 떠올렸다.

순간 그 단어가 한문, 영어, 중국어로 변환됐다.

'知識. Knowledge. 知识.'

김두찬은 그것을 입으로 다시 발음해 봤다.

"지식. 날리지. 지시."

이어 펜을 꺼내 손바닥에다 영어와 중국어를 써봤다.

완벽했다.

한 가지 단어를 다른 나라 말로 떠올리는 것도, 말하는 것도, 쓰는 것도 막힘이 없었다.

하지만 아직 단어들을 어법에 맞게 이어 붙이는 건 어색함이 있었다.

'그건 다음에 와서 문법책들을 읽어보면 되겠지.'

김두찬은 이미 오늘 원했던 것들을 충분히 얻었다.

그가 사전들을 다시 제자리에 꽂아놓고 만족스럽게 도서관을 나섰다.

＊　　　　＊　　　　＊

　문정욱은 빠르게 퍼져 나가는 자신의 SNS 글을 보며 만족
스러운 미소를 머금었다.

　그는 몽중인을 비하한 글이 김두찬에게도 전해지기를 바랐
다.

　혹시라도 그가 꿈틀하면 제대로 밟아 터뜨려 줄 자신이 있
었다.

　어차피 문학적 소양 따위 배제한 채 흥미 위주의 대중성으
로만 가득 채운 소설은 빠르게 잊히게 마련이다.

　하지만 그가 출간한 책들은 지금도 문학인들 사이에서 회
자되고 있었다.

　"그런 인스턴트 같은 글과 비교하는 것 자체가 역겹지."

　아마 정상일보에서 몽중인을 극찬하지만 않았어도 이렇게
까지 하지는 않았을 것이다.

　그는 김두찬이 반응할 경우 어떻게 짓눌러 버리면 좋을지
상상했다.

　문정욱의 머릿속에서는 김두찬이 여러 가지 방법으로 처참
하게 난도질당하고 있었다.

　그가 한참 비뚤어진 상상을 탐닉하고 있을 때였다.

　띠리리리리—

책상 위에 놓아둔 스마트폰이 울렸다.

발신인은 허지나였다.

"지나?"

허지나는 19살의 나이로 정상일보 신춘문예에서 대상을 받으며 화려하게 데뷔한 여류 작가다.

당시 세련된 감각과 현실의 예민한 문제들을 파헤치는 과감성, 그 이면에 남모르게 쌓인 문제들을 건드리는 깊은 통찰력으로 주목받았다.

게다가 외모까지 탁월해 더더욱 주변 사람들의 이목을 집중시켰다.

여러모로 화제가 된 허지나 작가의 다음 행보는 과연 어떤 글이 될지 문인들 사이에서는 기대가 컸다.

한데 허지나는 그들의 기대를 완전히 배반하고 대중적 재미만 가득한 로맨스 소설을 출간했다.

게다가 그것이 대히트를 쳤다.

이후 그녀는 매년마다 한두 작품씩 출간을 했고, 기본 50만 부 이상의 히트를 기록했다.

그녀가 집필한 책들은 전부 드라마화 계약이 되었으며 그중 두 작품은 이미 텔레비전 방영을 끝낸 후였다.

아무튼 실력도 실력이고 화제성도 있는데 미모까지 끝내주는 허지나 작가의 스타성을 알아본 것이 아리나 엔터테인먼트였다.

홀로 집필만 하던 허지나 작가는 아리나 엔터테인먼트의 끊임없는 러브콜에 오케이 사인을 보냈고 이후부터 방송에 종종 출연하며 얼굴을 알렸다.

지금은 허지나의 얼굴을 모르는 사람이 없을 정도로 유명해졌다.

스타 작가라는 말을 한국에서 가장 먼저 대중화시킨 것도 그녀이며, 연예 기획사와 계약을 한 최초의 작가이기도 했다.

그리고 정통 문학의 울타리를 떠나 대중 소설을 쓰는 이들 중 유일하게 문정욱이 인정하는 사람이었다.

"응, 지나야. 어쩐 일이야?"

문정욱이 밝은 음성으로 물었다.

그러나 들려오는 허지나의 목소리는 착 가라앉아 있었다.

─너 SNS에 올린 글 뭐야?

"그거 봤어?"

─미친 듯이 확산되고 있는데 못 봤을 리가. 대체 어쩌려고 그래? 김두찬 작가도 보게 될 텐데, 그때 뭐라고 할 생각이야?

"뭘 그렇게 날카롭게 굴어. 내가 틀린 말했어?"

─몽중인, 나도 읽어봤어. 그런데 네가 그만큼 날 세울 정도로 가벼운 글 아니야.

"글쎄. 난 저런 글을 문학으로 인정한다는 것 자체가 별로야."

─네가 너무 오만한 건 아니고?

그 말에 문정욱의 미간이 살짝 구겨졌다.

"너 지금, 같은 부류라고 감싸는 거야?"

─…뭐?

"그렇잖아. 너는 로맨스 작가. 김두찬은 판타지 작가. 둘 다 장르소설이니까. 내가 몽중인을 비판한 글에 괜히 네가 자격지심 느껴서 이러는 것 같아, 지금."

─하, 너 정말… 아니다. 그만하자.

"지나야. 난 말이야. 너는 다르다고 생각해. 네가 집필하는 로맨스 소설에는 무거운 주제 의식과 뻔한 공식을 따라가지 않는 작가적 고집이 있어. 그러니까 너무 그렇게……."

─끊을게. 당분간 연락해도 안 받을 거야. 이번엔 네가 좀 밉다.

"지나야, 잠깐만. 지나야?"

통화는 그렇게 끊겼다.

"하아."

스마트폰을 쥔 문정욱의 손이 부르르 떨렸다.

그가 여전히 스마트폰을 귀에 댄 채로 당사자에게 전해지지도 않을 말을 읊조렸다.

"네가 그렇게 나올수록 난 너를 더 가지고 싶어진다, 지나야."

문정욱의 가슴속 뒤틀린 욕망이 부글거리며 들끓었다.

　　　　　*　　　　　*　　　　　*

　김두찬은 집으로 돌아와 환상서에 접속했다.

　몇 시간 전에 모든 메시지에 답장을 보냈는데도 그사이 새로 온 메시지가 14통이나 됐다.

　김두찬이 메시지함을 열었다.

　그런데.

　"주화란?"

　새 메시지를 보낸 이들 중 주화란이라는 이름이 보였다.

　김두찬은 그녀에게 메시지를 보내면서도 중태에 빠져 있다기에 과연 답장을 받을 수 있을까, 라는 의문이 들었다.

　한데 거짓말처럼 답장이 날아왔다.

　김두찬이 그녀에게서 온 메시지를 확인하려는 순간 장재덕에게서 전화가 왔다.

　"여보세요?"

　전화를 받자마자 잔뜩 흥분한 장재덕의 음성이 고막을 때렸다.

　—두찬아! 괜찮냐!

　"뭐가?"

　—아니, 문정욱인지 뭔지 그 개새끼. 무슨 말을 그따위로 해? 지는 얼마나 잘났다고? 내가 그 새끼 길 가다 만나면 쥐

어 패고 징역 산다. 그 새끼 책들도 전부 불매운동 할 거야! 말리지 마!

김두찬은 장재덕이 무슨 얘기를 하는지 몰라 고개를 갸웃했다.

장재덕은 한참 혼자 난리 부르스를 떨다가 김두찬이 알아듣지 못하니 전화를 끊고서 메시지를 하나 보냈다.

그 안에는 문정욱의 글을 캡처한 사진이 담겨 있었다.

이를 본 김두찬의 눈동자가 깊게 가라앉았다.

그러고 보니 메시지함에 담긴 메시지들의 제목도 하나같이 김두찬을 걱정하는 식이었다.

그중엔 '김두찬 작가님. 문정욱의 일은 신경 쓰지 마세요'라는 제목으로 서태휘(채소다)에게서 온 메시지도 있었다.

중학생 최연소의 나이로 정상일보 신춘문예에 등단해, 25살의 나이에도 영향력 있는 문학인들 중 한 사람이 된 문정욱.

정상일보 신춘문예 대상 출신이지만 문단 사람들의 기대를 등지고 한국 최고의 로맨스 작가이자 스타 작가로 활약 중인 허지나.

20살에 데뷔해 로맨스계의 지각변동을 예고했으나 잘못된 노예 계약으로 힘들어하다 8년이 지난 지금, 요절의 위기까지 겪었던 주화란.

자신의 정체를 감추며 21살에 장르계를 제패했던 채소다.

그리고 몽중인과 적, 영웅의 노래로 대파란을 일으킨 장르 소설계의 살아 있는 전설 김두찬.

　젊은 천재 청년 문학가 다섯 명의 인연이 이어지는 순간이었다.

Liking 56

정상 단편 문학상

'흠.'

김두찬은 난감했다.

작가로 데뷔한 이후, 이런 일을 당해보는 건 처음이었다.

김두찬은 장재덕이 보낸 캡처 사진 속 글을 다시 한번 읽었다.

─몽중인. 킬링 타임용 지면 낭비 소설. 그 참기 힘든 가벼움의 허망함을 모두가 곧 느끼게 될 것.

'그 정도로 안 좋게 느껴졌나?'

김두찬은 자신의 글을 객관적인 시선에서 볼 수 있었다.

일반인이라면 그게 거의 불가능하다.

하지만 김두찬에게는 인생 역전의 게임 시스템으로 얻은 능력들이 있다. 그것이 스스로의 글을 객관적 시선에서 보는 걸 가능하게 만들어줬다.

아무리 판단해 봐도 이토록 혹평을 들을 만한 글은 아니었다.

물론 취향이라는 것은 사람마다 다르다.

때문에 김두찬의 글이 정말 잘 쓴 수작이라 해도 마음에 들지 않을 수 있었다.

문제는 이 글을 올린 사람의 저의다.

김두찬은 문정욱이라는 사람을 검색해 봤다.

그러자 그에 대한 정보와 기사들이 주르륵 떠올랐다.

프로필에 적힌 약력들을 읽어보니 경력이 화려했다.

이제 겨우 25살이라는 것이 믿기지 않을 정도였다.

김두찬이 그의 SNS에 들어가 봤다.

팔로워가 30만이 넘었다.

그렇다는 건 자신이 쓴 글의 파급력이 얼마나 큰지 잘 알고 있을 터였다.

'내가 보라고 쓴 것 같은데.'

당연히 김두찬에게 이 글이 전달되리라는 것을 알았을 것이다.

'일을 키우고 싶은 건가?'

김두찬은 그렇게 생각하는 한편, 자기가 너무 과대망상을 하는 건 아닌가 싶었다.

한데 그때였다.

문정욱의 SNS에 새로운 글이 하나 더 올라왔다.

—적? 진짜 '적' 같은 글. 김두찬이라는 사람에게 작가라는 타이틀이 어울리는지에 대해 고심해 볼 필요가 있다. 앞으로 이분의 글은 읽지 않는 것이 내 시간을 유익하게 사용할 수 있을 듯하다. 정상 단편 문학상 심사 준비나 해야지.

글을 읽은 김두찬의 미간이 살짝 구겨졌다.

특히 '적 같은 글'이라는 부분이 의미심장했다.

문정욱은 발음상 비슷한 욕을 돌려 표현한 것이다.

"이 정도면 싸우자는 건데."

예전의 김두찬이라면 그냥 그러려니 하고 넘어갔을 것이다.

하지만 지금의 김두찬은 걸어오는 싸움을 피할 생각이 없었다.

이런 부류의 인간들은 상대방이 참고 있으면 더욱 기세등등해서 날뛴다.

차라리 부딪혀서 확실히 눌러 버리는 게 낫다.

김두찬은 문정욱의 글을 검색해서 E—book으로 구매했다.

그리고 그 자리에서 책들을 읽어나갔다.

*　　　　*　　　　*

새벽 1시.

문정욱의 글을 다 읽고 나니 날짜가 바뀌어 있었다.

'음. 잘 쓰긴 잘 써.'

문정욱의 글은 많은 문인들의 칭송을 받을 만큼 대단한 면이 있었다.

빈틈없이 완벽하고 깊이가 있었으며 작가가 말하고자 하는 주제를 깊숙이 숨겨놓았음에도 읽고 나면 명확히 뇌리에 틀어박히는 묘미가 있었다.

도저히 25살의 나이로 풀어낼 수 있을 만한 글이 아니었다.

그의 자신감은 아마 이러한 실력에서 근거하는 것이리라.

한데 글을 읽고 난 김두찬의 뒷맛이 영 개운치 않았다.

좋은 글을 읽었다, 라는 느낌보다는 일방적으로 가르침을 당한 기분이었다.

그게 문정욱의 문제였다.

문정욱은 오만했다. 그리고 편협했다.

문정욱의 글 속에서 활약하는 인물들은 언뜻 서로 다른 가치관을 가지고 부딪치는 것 같아 보인다.

하지만 결국 그것은 오해일 뿐, 그들은 모두 같은 가치관을 가지고 있다.

다만 표현법이 달라 다툼이 생기는 것이다.

그런 양상은 그의 모든 작품 안에서 두드러졌다.

문정욱은 자신이 맞다고 생각하는 가치관 외의 다른 것은 전혀 인정하려 들지 않는 사람이었다.

그건 SNS에 올린 글에서도 드러났다.

장르문학을 문학이라고 인정하지 않는 그에게 김두찬의 소설들은 쓰레기나 다름없었다.

아무리 잘 썼다고 한들 장르 글인 이상 문학이 아닌 것이다.

'오만하고, 편협한 천재라.'

김두찬의 가슴속에서 승부욕이 스멀스멀 올라왔다.

그가 문정욱에 대한 정보를 더 조사했다.

그러던 와중 문정욱이 정상일보에서 매년 한 번씩 개최하는 '정상 단편 문학상'의 심사 위원으로 위촉됐다는 것을 알았다.

바로 올해부터 말이다.

그리고 보니 조금 전 문정욱의 SNS에도 정상 단편 문학상 심사 준비나 해야겠다는 내용이 있었다.

"정상 단편 문학상."

김두찬도 거기에 대해서는 잘 알고 있는 터였다.

한국의 단편 문학상 중에서 가장 규모가 크고 위신 있는 단편 문학상이었으니 모르는 게 더 이상했다.

그러고 보면 정상일보는 이래저래 참 대단한 신문사였다.

신춘문예도, 단편 문학상도 정상일보에서 주최하는 것을 최고로 친다.

게다가 매년 가장 신임할 수 있는 신문으로 꼽힌다.

그런 신문에서 몽중인을 극찬했다는 것이 새삼 뿌듯해지는 김두찬이었다.

아무튼 문정욱은 스물 중반의 나이로 심사 위원의 자격을 얻었다. 그것은 여태껏 전무후무한 이례적인 일이었다.

김두찬이 정상 단편 문학상의 공모 마감일을 알아봤다.

'6월 7일.'

오늘이었다.

우편 공모는 마감일 소인까지 유효하고 메일 접수는 오늘 자정을 넘기기 전에 보내야 한다.

분량은 200자 원고지 700매.

잠시 생각에 잠겨 있던 김두찬이 서늘한 미소를 머금었다.

"도발을 했으니 받아줘야지."

그가 워드 프로그램을 켰다.

새 원고의 상단부에 짧은 글귀가 적혔다.

그래도 해는 뜬다.

그것이 정상 단편 문학상에 제출할 소설의 제목이었다.

타타타탁! 타타탁!

김두찬의 손가락이 빠르게 키보드를 두들겼다.

하얀 원고에는 김두찬이 얼마 전 부모님에게서 들었던 가족사가 적혀 나가고 있었다.

빚을 갚았다는 감격에 모든 가족이 부둥켜안고 울었던 날.

김승진과 심현미는 자식들이 몰랐던 힘겨운 가족사에 대해 털어놓았었다.

김두찬은 겉으로 아무렇지 않은 척했던 두 분에게 이토록 큰 파도가 몰아쳤다는 걸 뒤늦게 깨닫고서 큰 충격을 받았었다.

하지만 지금 그들의 가족은 모든 역경을 딛고 일어섰다.

그 진솔한 이야기들이 김두찬의 손을 타고 이야기로 만들어져 나갔다.

*　　　*　　　*

탁!

김두찬이 만족스럽게 엔터를 치며 키보드에서 손을 뗐다.

"후우."

짧게 숨을 내쉬며 시간을 확인하니 벌써 새벽 6시였다.

1차 완성된 원고의 장수는 A4 용지로 총 65페이지.

200매 원고지 700장 내외의 분량으로 지원을 해야 하기에 그 정도가 딱 적당했다.

사실 이건 말도 안 되는 일이었다.

단편 문학상에 공모할 글을 단 하루 만에 집필해서 보낸다니?

대부분의 작가들이 이 문학상에 공모하기 위해 많은 시간 집필에 공을 들인다.

한데 김두찬은 하루, 아니, 몇 시간 만에 공모전에 낼 작품을 완성했다.

남은 것은 퇴고뿐이었다.

김두찬은 퇴고를 하기 전 머리도 식힐 겸 환상서에 접속했다.

그러고는 현재 연재 중인 소설 중 재미있는 것이 있나 찾다가 문득 주화란에게서 온 메시지가 떠올랐다.

'맞다. 깜빡했어.'

메시지를 열어보려다가 문정욱 사건이 터지는 바람에 잊고 있었다.

김두찬이 메시지함을 열어 주화란이 보낸 메시지의 제목을 확인했다.

—주화란입니다.

딸깍.

마우스 포인트가 제목을 클릭하자 밑으로 내용이 주르륵
열렸다.

—안녕하세요, 작가님. 주화란입니다. 사실 답장 주실 거라 생각지 못했
는데 감사드려요. 혹 저에 대한 기사를 보셨는지 모르겠네요. 저는 지금 병
원이에요. 이 글은 제 폰으로 적는 중이고, 몸이 많이 안 좋아요. 병을 앓고
있거든요. 근데 이번에 병원에 온 건 병 때문이 아니에요. 부끄럽지만 하도
못 먹어서 영양 결핍으로 시름시름 앓다가 졸도를 한 모양이에요. 밀린 월
세 받으러 오신 주인아주머니께서 절 발견하고 119를 불렀대요. 지금은 응
급조치를 받아 정신이 좀 돌아온 상태고요.

김두찬은 그녀가 앓고 있는 병이 무언지 궁금했다.
하지만 그것에 대한 언급은 없이 주화란은 다른 얘기를 했
다.

—작가님. 제가 작가님께 쪽지를 보내 드린 건 절 도와달라는 의미가 아
니었어요. 저처럼 힘든 상황에 처한 작가들이 많으니, 힘 있는 작가님들께
서 이 판을 바꿔주셨으면 해서였어요. 제가 아프고 힘든 건 오로지 스스로

감내해야 할 일이죠. 그래도 연락하고 싶다 말씀해 주셔서 감사했어요. 작가님 앞날에 축복이 가득하길 바랄게요.

메시지에 적힌 내용은 그게 다였다.

그에 김두찬은 다시 답장을 보내려다가 그만뒀다.

본인이 저렇게까지 얘기하는데 계속 손을 내미는 건 선의가 아니라 필요 없는 오지랖일 수도 있었다.

김두찬은 더 이상 신경 쓰지 않기로 했다.

그는 영웅의 노래 게시판을 열었다.

이제 즐겨찾기는 11만에, 유료 연재 평균 조회 수는 16만으로 굳어졌다.

오늘도 12시가 조금 넘은 시간 예약해 뒀던 글 10편이 올라갔다.

김두찬은 무려 3일 연속으로 10연참을 때린 것이다.

새로 올린 글들의 조회 수는 7만을 넘어서고 있었다.

김두찬이 새로 달린 댓글들을 확인한 뒤, 게시판을 닫았다.

그리고 단편 문학상에 낼 원고의 퇴고 작업에 몰두했다.

어느새 아침 해가 떠올랐다.

따스한 햇살이 창을 넘어 포근하게 김두찬을 어루만졌다.

그에, 김두찬이 퇴고를 잠시 멈추고 창문을 열었다.

상쾌한 아침 공기가 부드럽게 밀려들어 왔다.

기분이 좋았다.

그리고 왜인지 모르겠지만 정미연이 떠올랐다.

이렇게 날 좋은 날, 그녀와 함께 데이트를 즐긴다면 어떨까?

그런 생각을 하고 있을 때 거짓말처럼 정미연에게 문자가
왔다.

─잘 쟀어요? 새벽부터 준비하고 일 나가다가 아침 풍경을 보고 있자니
두찬 씨가 생각났어요. 목요일 저녁에 촬영 있어요. 그날 봐요, 우리.

그전까지는 시간이 나지 않는다는 말이었다.

조금 아쉽지만 이렇게 먼저 김두찬을 신경 써주는 마음이
따뜻하게 전해져서 좋았다.

김두찬은 정미연에게 답장을 보내준 뒤 다시 퇴고 작업을
마저 마무리 지었다.

*　　　　*　　　　*

"접수 완료."

오전 11시.

김두찬은 '그래도 해는 뜬다'를 총 세 번 퇴고한 뒤, 메일로
접수를 마쳤다.

이제 내일부터 일주일간의 심사를 거쳐 다음 주 목요일, 정
상일보 홈페이지에 수상 결과가 발표된다.

아울러 수상자들은 수상식을 통해 상과 상금을 전해 받게

된다.

그 장소와 시간은 차후 공지된다.

"과연 먹힐까."

김두찬은 한동안 장르 글을 주로 썼다.

일반 문학과 관련된 글들은 상대적으로 멀리했다.

그럼에도 어느 정도의 자신감은 있었다.

이미 그에게는 스토리텔링과 문장력이라는 능력이 있었다.

그것 두 개만으로도 김두찬이 이 세상에서 능숙하게 쓰지 못할 글은 없었다.

문학적 깊이라는 것 역시 김두찬에게 접근하기 어려운 영역은 아니었다.

게다가 이번 글은 김두찬의 부모님이 직접 겪었던 일화를 풀어낸 것이다.

오히려 백 퍼센트 상상으로만 지어내야 하는 환상문학보다 더욱 생동감 넘치는 정서를 담을 수 있었다.

지금 김두찬이 걱정하는 건 과연 대상을 거머쥘 수 있을까 하는 것이었다.

이왕 문정욱을 한 방 먹이기로 마음먹었다면 대상을 타는 게 베스트였다.

김두찬이 보낸 메시지함을 열어 다시 한번 메일 주소와 내용을 확인했다.

"메일 주소는 정확하고. 음… 됐다."

김두찬이 인터넷 창을 닫았다.

그런데 그가 확인했던 보낸 메일함의 접수자 이름은 김두찬이 아니라 '방만해'였다.

Liking 57

안정화

오후 세 시.

네 시간 정도 단잠을 잔 김두찬이 몸을 일으켰다.

"으드드드드!"

힘껏 기지개를 켜고서 거실로 나왔다.

집 안엔 아무도 없었다.

오늘은 수요일이니 학교에 가지 않아도 되는 김두찬만 덩그러니 남아 있었다.

"으음. 너무 집에만 있었네. 산책 좀 하자."

화장실에서 샤워를 하고 나온 김두찬은 가벼운 트레이닝복에 운동화를 신고 집을 나섰다.

그의 집은 후미진 곳에 있는 데다 아이들 뛰어노는 소리 빼고는 조용해서 사색하며 걷기에 제격이었다.

'돈을 조금 더 벌면 이사부터 가야겠어.'

벌써 이 집에서 산 지 숱한 세월이 지났다.

집 안 구석구석 가족들의 흔적이 묻어 있고 정겹기 그지없지만, 심하게 낡은 게 사실이었다.

해서 김두찬은 이번 달 고료가 정산이 되자마자 새집부터 장만할 생각이었다.

'5억 정도면 우리 네 가족 괜찮게 살 만한 집을 구할 수 있겠지? 아니다. 마당 있는 집으로 살까? 땅값까지 더하면 한 10억 정도 필요하려나?'

며칠 전만 해도 김두찬은 5억이니, 10억이니 하는 생각은 결코 하지 못했을 터였다.

한데 지금은 하루에 1억 이상씩 돈이 벌린다.

이 기세로 한 달이 지나면 그의 통장엔 30억이라는 돈이 들어오게 된다.

중요한 건 아직 그의 소설이 환상서에서만 서비스되고 있다는 것이었다.

환상서에는 유료 연재 시작 시 선독점을 할 것인지, 타 사이트와 동시 서비스를 할 것인지 선택할 수가 있다.

김두찬은 처음에 그런 시스템을 잘 몰라서 선독점으로 시작을 했다.

선독점이라는 것은 환상서에 글이 100편까지 연재된 이후 다른 플랫폼에서 서비스가 가능해지는 시스템이다.

현재 영웅의 노래는 60화까지 연재 중이다.

김두찬은 하루에 10편씩 업로드를 해버린 앞으로 4일 후면 100편이 채워지고 그때부터 20곳이 넘는 플랫폼에 동시 서비스가 된다.

이 경우 들어오는 고료가 얼마가 될지는 상상 불가였다.

확실한 건, 수입이 지금보다 배 이상 좋아질 것이라는 점이다.

그럼 낮게 잡아도 하루에 2억씩, 한 달이면 60억이 된다.

'진짜 실감이 안 나.'

세상에 한 사람이 글을 써서 60억을 번다니?

김두찬은 그런 전설을 만들어낸 당사자임에도 아직까지 얼떨떨했다.

그가 이리저리 꼬부라진 길을 따라 계속해서 걸었다.

목적지는 없었다.

쉼 없이 가다 보니 산으로 이어지는 오솔길이 나왔다.

몇 달 전까지는 자주 오르던 길이었는데 요새는 통 걸음을 한 적이 없었다.

'아버지 차도 바꿔 드려야겠다. 어머니는 진짜 비싸고 좋은 화장품 세트 선물해 드리고. 두리한테는 뭐 해줄 거 없을까?'

김두찬이 행복한 고민에 빠져 한 걸음 한 걸음 계속해서 나아갈 때였다.

짹짹짹짹!

"응-?"

어디서 참새 울음소리가 들려왔다.

소리를 따라가 보니 매실나무 기둥 밑에 이제 겨우 솜털이 나기 시작한 아기 참새 한 마리가 크게 악을 쓰고 있었다.

"아기 참새네?"

김두찬이 고개를 들어 나뭇가지를 살폈다.

그러자 매실나무 가지 위에 지어진 참새 둥지가 보였다.

"떨어졌나 보구나."

그대로 두었다가는 다른 동물들에게 잡아먹힐 불상사가 생길지도 모를 상황이었다.

김두찬이 참새를 조심스레 들어 상의 안쪽에 넣고 두 손으로 나무 기둥을 잡았다.

'가능하겠지?'

여태까지 살아오면서 나무를 타본 적이 한 번도 없는 그였다.

그러나 지금의 몸으로는 충분히 오르내릴 수 있을 것 같았다.

김두찬이 두 팔에 힘을 주어 몸을 위로 끌어당겼다. 발은 나무 기둥을 계속해서 박찼다.

두 가지 동작이 절묘하게 이어지며 그의 몸이 빠른 속도로 기둥이 있는 곳에 도착했다.

김두찬은 한 손으로 굵은 가지를 잡고, 다른 손으로 품에 있던 아기 참새를 꺼내 둥지 위에 올려주었다.

둥지 안에는 다른 아기 참새 두 마리가 있었다.

'부모들이 없는 게 그나마 다행이네.'

예전에 어느 다큐멘터리에서 땅에 떨어진 아기 참새를 도와주려다 근처에 있던 부모 참새에게 봉변당하는 할아버지를 본 적이 있었다.

참새를 둥지 위에 놓아준 김두찬은 다시 나무를 타고 내려왔다.

"웃차."

그가 바닥에 두 발을 디뎠을 때였다.

[퀘스트: 세 개의 생명을 살려라. 3/3]

[퀘스트를 완료했습니다. 보너스 포인트 1,000이 지급됩니다.]

"어?"

그의 눈앞에 잠시 잊고 지냈던 퀘스트가 나타났다.

그것도 전부 완료된 상태로 말이다.

김두찬의 오른쪽 손등에 하트의 다섯 조각 중 하나가 붉게 물들었다.

ㅡ축하드려요~ 두찬 님. 드디어 이 길고 긴 퀘스트를 완료하셨네요.

'아, 방금 그 참새가⋯⋯?'

ㅡ그렇답니다. 그대로 두었다면 그 참새는 분명 죽었을 거랍니다. 두찬 님께서는 모르셨겠지만 근처에서 길고양이 한 마리가 노리고 있었거든요.

'그랬구나!'

김두찬은 별생각 없이 어린 참새가 측은해서 둥지에 올려준 것뿐이었다.

그런데 그게 퀘스트 완료로 이어졌다.

한데 보너스 포인트가 1,000이나 주어졌다.

'원래는 20만 주어졌었는데.'

ㅡ퀘스트의 레벨이 올라갔는데 고작 20만 줘서는 안 되죠. 게다가 지금은 인생 역전의 게임 시스템도 바뀌었으니까요. 20포인트로는 간에 기별도 안 갈 거랍니다.

'그렇긴 하지.'

김두찬이 상태창을 열어 포인트를 살폈다.

퀘스트를 완료해서 얻게 된 보너스 포인트는 간접 포인트가 아니라 직접 포인트로 적립이 됐다.

'직접 포인트가 1,124⋯ 요새 쉬는 날은 글 쓰느라 집에만

있었더니 직접 포인트가 더디게 오르는구나.'

　—지금 직접 포인트 걱정할 때가 아닐 텐데요?

'응? 무슨 말이야?'

　—오늘이 며칠이죠?

'7일.'

　—그럼 내일은?

'8일. 아!'

그제야 김두찬은 로나가 무슨 말을 하는 건지 알았다.

내일은 8일, 인생 역전의 튜토리얼이 종료되고 본 게임으로 들어가는 날이자 간접 포인트가 초기화되는 날이기도 했다.

때문에 오늘 자정이 되기 전에 간접 포인트를 전부 사용해야 한다.

　—빙고! 간접 포인트가 허공에서 분해되는 일 없도록 얼른 얼른 분배하도록 하세요.

'알았어. 고마워, 로나.'

김두찬이 상태창을 다시 한번 살폈다.

총 21개의 능력 중에서 간접 포인트를 투자할 수 있는 능력은 소매치기(C), 노래(B), 박투(C), 악력(B), 운전(F), 치료(F)의 6가지 항목이었다.

나머지는 전부 A랭크거나 S랭크였다.

축적된 간접 포인트는 3,100이었다.

'어디에 투자하는 게 좋을까.'

김두찬은 잠시 생각하다가 그 효능이 가장 궁금한 치료에 투자하기로 했다.

남아 있는 간접 포인트도 F랭크를 A랭크까지 올리는 데 딱 필요한 수치였다.

'간접 포인트 3,100을 치료에 투자하겠어.'

김두찬의 의지에 따라 간접 포인트가 전부 치료 능력에 소모되며 시스템 메시지가 주르륵 나타났다.

[치료의 랭크가 E로 업그레이드됐습니다. 랭크 업 특전이 주어집니다. 하루에 한 번, F랭크의 치료 가능한 범위를 포함, 골절된 모든 부위를 치료할 수 있게 됩니다.]

[치료의 랭크가 D로 업그레이드됐습니다. 랭크 업 특전이 주어집니다. 하루에 한 번, E랭크의 치료 가능한 범위를 포함, 절상, 열상, 자상을 입은 전신 상처를 치료할 수 있게 됩니다.]

[치료의 랭크가 C로 업그레이드됐습니다. 랭크 업 특전이 주어집니다. 하루에 한 번, D랭크의 치료 가능한 범위를 포함, 상처 입은 내장 기관을 치료할 수 있게 됩니다.]

[치료의 랭크가 B로 업그레이드됐습니다. 랭크 업 특전이 주어집니다. 하루에 한 번, C랭크의 치료 가능한 범위를 포함, 모든 중독 현상들을 치료할 수 있게 됩니다.]

[치료의 랭크가 A로 업그레이드됐습니다. 랭크 업 특전이 주어집니다. 하루에 한 번, B랭크의 치료 가능한 범위를 포함, 모

든 질병을 치료할 수 있게 됩니다.]

'헐.'

치료 능력의 효과는 그야말로 초대박이었다.

단순히 신체의 상처를 치료해 주는 것으로 그치는 게 아니라 질병까지 치료할 수가 있다.

게다가 모든 질병의 치료가 가능하다.

말인즉, 불치병도 치료할 수가 있다는 것이다.

김두찬은 이제 병에 걸려 죽을 걱정은 하지 않아도 된다.

―투자한 능력이 마음에 드시나요?

'이루 말할 수 없을 정도야.'

―다행이네요.

김두찬이 만면 가득 웃음을 머금고 숲 속을 거닐었다.

사위가 고요한 와중 시원한 바람 소리만 귓가를 간질였다.

마음이 평안해지고 여유로웠다.

―두찬 님.

'응?'

―갑작스럽게 드릴 말씀이 있답니다.

김두찬은 로나가 이런 식으로 나오면 늘 어딘지 모르게 불안했다.

지금도 그랬다.

'무슨 말을 하려고?'

―오늘 자정이 튜토리얼을 끝내고 본 게임에 들어간 지 딱 한 달째 되는 날이랍니다.

'응. 아까 들어서 알고 있어.'

―이 한 달을 기점으로 저는 인생 역전 게임의 안정화를 위해 잠시 동안 휴면기에 들어간답니다.

'안정화? 휴면기?'

―현재 두찬 님은 인생 역전을 접한 이후 많은 변화를 겪었답니다.

'그랬지.'

―그와 함께 주변의 환경도 변해 버렸고요.

'맞아.'

―두찬 님은 현재 인생 역전이라는 게임에 매우 익숙해진 상태랍니다. 하지만 모든 것에는 끝이 있듯, 이 게임에도 끝이 존재한답니다.

'아… 그렇구나.'

로나는 당연한 얘기를 하고 있었다.

하지만 김두찬은 한 번도 인생 역전의 끝이라는 걸 생각해 본 적이 없었다.

한데 그녀의 입에서 끝이라는 얘기가 나오니 기분이 이상했다.

벌써부터 가슴 한편이 짜르르 하고 아리는 것 같았다.

—인생 역전이 김두찬 님의 삶에 일상처럼 붙어 있다가 어느 날 갑자기 게임이 끝난다면 어떨까요? 두찬 님께서는 분명, 현실 속에서 괴리감, 상실감, 그 외 여러 가지 허망하고 아픈 감정들을 느끼게 될 거랍니다. 때문에 '두찬 님의 안정화'를 위해서 저는 잠시 동안 휴면기에 들어가는 거랍니다.

일리가 있는 말이었다.

'그럼 휴면기를 얼마나 가지는데?'

—그건 두찬 님께 달렸답니다. 두찬 님의 마음 상태에 따라 짧게 끝날 수도, 길어질 수도 있어요. 때문에 정확히 얼마나 걸린다고 말씀드리기는 곤란하답니다. 아, 그리고 휴면기 동안은 타인의 호감도가 보이지 않을 거예요.

우뚝.

오솔길을 걷던 김두찬이 그대로 멈췄다.

'호감도가 보이지 않을 거라고?'

—그렇답니다. 그에 따라 보너스 포인트를 습득하는 것도 일시적으로 마비된답니다. 단, 지금까지 얻은 모든 능력들을 사용 가능해요. 그러니 생활하는 데 큰 불편함은 없을 거라는 말씀!

타인의 호감도를 보지 못하는 일상이라니.

김두찬은 인생 역전에 접속한 이후 한 번도 이런 상황에 대해서는 생각하지 못했었다.

그가 아무 말도 못 하고 있자 로나가 물었다.

―보너스 포인트가 들어오지 않는다는 게 조금 아쉽나요?

김두찬은 잠시 생각하다 고개를 절레절레 저었다.

'아니. 그냥 이런 상황 자체가 의외라서 조금 놀랐을 뿐이야. 호감도를 얻어서 보너스 포인트를 습득하는 거, 중요하지. 그게 내 인생을 이렇게 바꿔줬는데. 하지만 난 요즘 그것보다 더 소중한 게 있다는 걸 깨달아가고 있어.'

―그게 뭔지 듣고 싶네요.

김두찬의 얼굴에 작은 미소가 어렸다.

'진심.'

포인트를 바라서가 아닌, 진심으로 사람들을 대했을 때 오히려 얻는 것이 더 많았다.

그리고 상대방도 더욱 마음을 열어주었다.

김두찬은 지금 그것을 깨달아가고 있었다.

―정말 기분 좋은 대답이네요.

'고마워. 근데 로나. 오늘 자정부터 휴면기에 들어간다고 했지? 그때부터는 이렇게 대화를 나누는 것도 불가능한 거야?'

―네.

김두찬이 길을 걷다 말고 적당한 바위에 엉덩이를 깔았다.

'그럼 오늘은 아무것도 하지 말고 같이 수다나 떨까?'

―저에 대해 물어도 현재로서는 대답해 드릴 수 있는 부분

이 전혀 없답니다. 그저 농담 따먹기 식의 대화만 이어질 텐데요?

'그럼 좀 어때. 그것도 나쁘지 않아.'

―그렇겠네요. 하지만 두 가지는 말씀드릴 수 있답니다.

'뭔데?'

―저는 진정으로 두찬 님께서 행복해지길 바라고 있는 외계인이라는 것. 그리고 두찬 님께서 단순히 무작위 추첨으로 인생 역전의 플레이어로 뽑힌 건 아니라는 것, 정도겠네요.

'무작위 추첨이 아니었어? 그럼 나를 선택했다는 뜻이야?'

―그렇답니다.

'왜?'

―거기에 대해서는 답해 드릴 수가 없답니다.

'그렇구나. 뭐… 궁금하긴 하지만, 넘어가도록 할게. 그나저나 로나. 저번에 말이야……'

이후로 김두찬은 해가 떨어질 때까지 로나와 영양가 없지만 즐거운 많은 대화를 나눴다.

그는 집으로 돌아와서도 밥을 먹을 때도, 침대에 누워 쉴 때도 계속해서 로나와 이야기를 했다.

그러다 자정이 찾아왔을 때.

'그래서 말이야, 이 부분은 어떻게 생각해, 로나? …로나? 내 말 듣고 있어? …휴면기구나. 되도록 빨리 깨어날 수 있게 해

줄게, 로나.'

휴면기에 들어선 그녀의 음성은 더 이상 들려오지 않았다.

인생 역전에 접속한 지 한 달 하고도 일주일이 지난 어느 날의 일이었다.

『호감 받고 성공 더!』 6권에 계속…